Le Mascara
qui allonge à l'infini
les poils de vos yeux
& sublime
votre regard!
..."SUBLIME VOTRE REGARD",
"SUBLIME VOTRE REGARD",
...TU PARLES...
...À LA LIMITE
ÇA PEUT SERVIR
À RÉCURER LES WC...
BALAYETT
POUR DES CILS OBESES : Taille XXL - Pointure 43 - Bonnet F
BALAYETT
sublime votre regard!

VALENTINE

ELLEDÉCOLORATION

« LA SOLITUDE, C'EST QUAND ON COMMENCE À PARLER DE SES PROBLÈMES À SON CHIEN OU À SON CHAT... »

Vos articles

Spéciale Valentine

« ... LA DÉPRESSION, C'EST QUAND IL VOUS RÉPOND : TA GUEULE, LE MATCH VA COMMENCER... »

CADEAU

UN ECHANTILLON GRATUIT DE LA NOUVELLE COLORATION SCHWARTZTOUFF

Pour recevoir votre échantillon gratuit de la nouvelle coloration **SCHWARTZTOUFF**, c'est très simple : il vous suffit de téléphoner au 0800-56-58 (8,95 euros/minute) et de dire : "**SCHWARTZTOUFF JE KIFFE A DONF**" 10 fois de suite sans vous tromper : notez ensuite le mot de passe que vous donnera l'hôtesse, et envoyez le tout sous enveloppe copieusement affranchie à l'adresse qui vous aura été indiquée. Vous recevrez votre échantillon dans un délai de 12 mois dans votre cheminée (le magazine décline toute responsabilité en cas de grève du Père Noël), (l'offre est valable uniquement pour la France métropolitaine dans la limite des stocks disponibles).

Directeur de la publication
Eric Adam
Rédactrice en chef
Anne Guillard
Rédacteurs
Anne Guillard
La tulipe Velue
Suzanne Velue
Crédit Photos
Anne Guillard
Illustrations
Anne Guillard
Mise en couleur
Anne Guillard
Régie pub
Anne Guillard
Horoscope
Anne Guillard
Bande Dessinée
Anne Guillard
Conseil scientifique
Docteur Raymond
Création graphique
Anne Guillard
Studio "les 4 lunes"

"Merci à Florence, Marie-Hélène, Anne et Agnès pour ces années d'enthousiasme perpétuel et irraisonné devant tout ce que je fais (même les dessins tout pourris de quand j'avais 12 ans).

Et surtout merci Maman (dans le rôle de la maman idéale), et merci Manue (dans le rôle de la meilleure amie idéale)."

31-33, rue Ernest-Renan
92130 ISSY-LES-MOULINEAUX
www.ventsdouest.com

Dépôt légal : février 2005
Achevé d'imprimer en janvier 2005
par *Partenaires-Livres®* en France

COLLECTION HUMOUR

FICHE TECHNIQUE › TOME 1

ELLE ET DÉCOLORATION
Format 225 x 297 mm
48 pages couleurs
Album cartonné
ISBN : 2749302048
Hachette : 73.38569
Prix France métropolitaine : 8,99 €

9 782749 302041

Les prix des ouvrages sont donnés à titre indicatif et peuvent être sujets à des modifications.

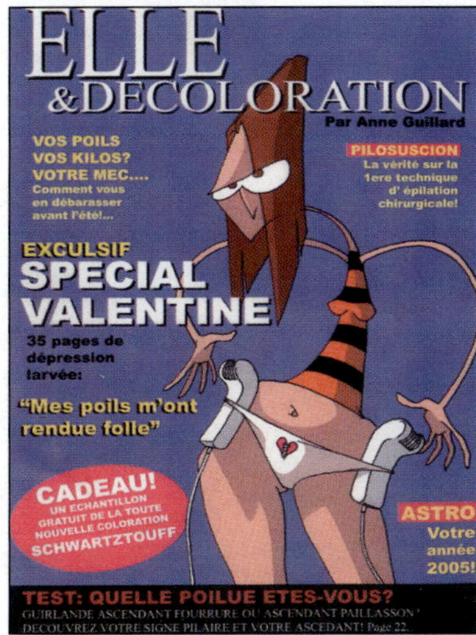

GUILLARD

VALENTINE

« A mort le poil !! » Tel pourrait être le cri de guerre de Valentine, phobique de toute excroissance pileuse. Jeune femme célibataire et névrosée, elle a cristallisé toutes ses épouvantes dans la quête de la peau lisse ! Et attention, parfois dans ses cauchemars hallucinatoires, les poils rebelles lui parlent ! Ils organisent des sabotages terroristes sur les rasoirs électriques et autres épilateurs et apparaissent lors de ses séances –inutiles- chez le psy. Mais qui pourra bien sauver Valentine de sa solitude insoutenable ? Jennifer sa meilleure copine qui a tout pour être heureuse ? Son psy au bord de la crise de nerf ? Sa mère qui ne l'écoute pas et qui a un chien plein de ... poils ! Non, non, l'araignée au plafond de Valentine a encore de beaux jours devant elle. A moins qu'elle ne trouve un beau Don Juan qui accepte ses allergies aux poils de jambes, d'aisselles, de moustaches, de brosse à dent, de paillasson, de balai, de guirlande, de pinceau... Digne héritière des Frustrés de Brétécher, la série Valentine brosse (sans poil) le portrait d'une jeune femme cynique et désabusée et surtout très très déjantée !! Grâce à un style tranchant et efficace aux couleurs acidulées, ces gags en une planche vous feront rire des malheurs dérisoires et quotidiens de Valentine !

L'auteur

Née en 1981 à Paris, Anne Guillard se découvre très tôt une passion pour la Bd dessinée et l'illustration. Elle découvre P'tiluc et Brétécher mais aussi H.R.Giger ! Cet engouement va tout naturellement la mener vers l'Ecole d'Arts Appliqués Estienne puis vers les ateliers de Sèvres. Elle réussit le concours des Gobelins où elle se forme aux métiers de l'animation traditionnelle et 3D. Elle y réalise le générique du Festival d'Annecy 2002 « Le Moine ». Pour les éditions Multisim, elle réalise quelques illustrations pour le jeu de rôle Agone où elle aborde un style radicalement typé. Les magazines pour la jeunesse tels « Julie » et « A tout lire » des éditions Milan font appel à ses talents pour illustrer quelques nouvelles. Enfin, alors qu'elle achevait un court métrage d'animation « Bagouze », la saga de Valentine allait débuter aux éditions Vents d'Ouest. Anne Guillard est un jeune auteur aux multiples facettes graphiques et au talent certain. Un auteur à surveiller !

CONTACT PRESSE : Eve Seguret-Rivero - Éditions Vents d'Ouest - 31-33, rue Ernest-Renan - 92130 ISSY-LES-MOULINEAUX
TEL : 01 41 46 11 11 - FAX : 01 41 46 09 78 - E-mail : eve.seguret-rivero@glenat.com

OUI OUI, C'EST ÇA, T'ES BEAU... BON, ÇA Y EST, T'AS FINI DE ME LÉCHOUILLER LE BRAS, OUI?
BON, ÇA VA BIEN MAINTENANT, VIRE-MOI CETTE LANGUE BAVEUSE DE LÀ!! J'AI PAS QUE ÇA À FAIRE, NON PLUS!..
ALLEZ, ÇA SUFFIT, RENTRE TA LANGUE, MAINTENANT... ... OU ALORS VA JOUER PLUS LOIN, AU MOINS !!!
PFFF, TU VOIS BIEN QUE TU ME GÊNES, LÀ!.. ALLEZ, DÉGAGE! ... EH PUIS RENTRE CETTE LANGUE, JE T'AI DIT!...
BON, TU L'AURAS CHERHCHÉ!...VA PAS TE PLAINDRE À LA S.P.A., APRÈS...
BZZZZZZZZ ZZZZZZZ
KAÏ, KAÏ, KAÏ, KAÏ, KAÏ, KAÏ, KAÏ, KAÏ,
PFFFF, QU'EST-CE QU'IL A ENCORE À COUINER COMME ÇA???...QUELLE PLAIE, CE CHIEN...
...EH BIEN, C'EST RARISSIME, MAIS.... ÇA M'A TOUT L'AIR D'ÊTRE UNE CRISE D'ASTHME...ON DIRAIT BIEN QUE VOTRE CHIEN FAIT UNE PETITE ALLERGIE AUX POILS D'HUMAINS ....
KAÏIIIIIIII..

Colisage 2005008421 du 2/02/2005 **Note d'envoi 2005008496 du 2/02/2005** 0139

Transporteur **POSTE FRANCAISE**
LILLE NOYELLES
0 LILLE
FRANCE

Destinataire **JULIE**
stephanie SAUNIER
300, rue Leon Joulin
31101 TOULOUSE CEDEX 9
FRANCE

2220004 ZZZ

Quantité		***Article***	***Mnémonique***	***Désignation A***	***Classe***	***Or.***	***Prix TTC***
1,00	PIE	BTE02	BTE02	BOITE CONTENANCE 15000000/7500GRS	CONDITIONNEMENT		0,0000
1,00	PIE	022000104911	ZBLU1	MYSTERES ET CROTTES DE NEZ T1	GLENAT		8,9900
1,00	PIE	022021001204	VALENTINE1	VALENTINE T1	VENTS D OUEST		8,9900

3,00 ***N° du colis 1***

Destinataire **JULIE**
stephanie SAUNIER
300, rue Leon Joulin
31101 TOULOUSE CEDEX 9
FRANCE

6666666666

Transporteur **POSTE FRANCAISE**

N° colis **1 / 1** Contenu **3,00**

Poids **1130,000**

Tournée **Colissimo suivi standard**

Grappe **000** Station **000**
Référence **EGL51178**
Picking 2005000319 2/02/2005
Colisage 2005008421 2/02/2005
N. envoi 2005008496 2/02/2005

00849600100000000COLST00001130

Expéditeur **S.D.L.CARAVELLE S.A. RUE DU PRE AUX OIES, 303 1130 BRUXELLES BELGIQUE**

TCHÔ ! LA COLLEC...

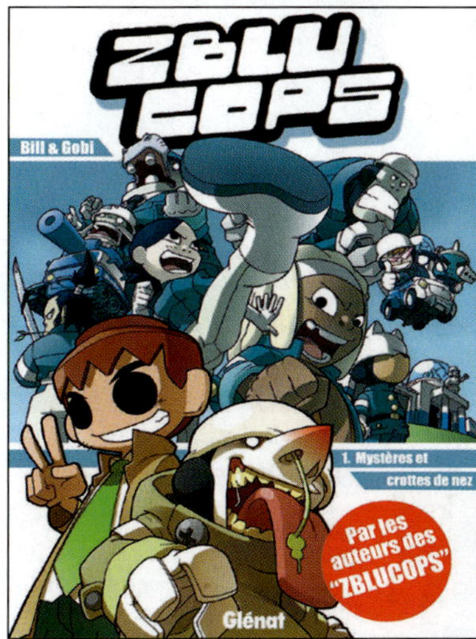

Couverture non définitive

FICHE TECHNIQUE ❯ TOME 1

Format 215 x 293 mm
48 pages couleurs
Album cartonné
ISBN : 2.723449114
Hachette : 73.47370
Prix France métropolitaine : 8,99 €

9 782723 449113

Les prix des ouvrages sont donnés à titre indicatif et peuvent être sujets à des modifications.

BILL ET GOBI

ZBLUCOPS

Un commissariat pas comme les autres a recruté des éléments jeunes, motivés et ... incompétents ! Neuf « Cops » délurés comme on les aime : Bill Playmo, Tistouille, Valentine, Grünt, Stanislas, Papy Louis, Jubei, Omar et Karp sont là pour (tenter de) faire (un petit peu) régner l'ordre (surtout entre eux). Leur mission ? Eux-mêmes l'ont oubliée ! Ce n'est pas faute de persévérance de la part de Bill, de bonne volonté pour Valentine, d'expérience pour Papy ou d'honneur pour Jubei, mais que voulez-vous cette équipe provoque plus de catastrophes qu'elle ne résout d'enquêtes.

Prépubliées dans « Tchô, le Mégazine », les histoires courtes de Zblucops vous décoinceront les zygomatiques par ses aventures hilarantes et invraisemblables. Dynamique et impertinente, cette série (bientôt culte !) offre un style efficace en lorgnant vers le graphisme propre au manga. Une étrange alliance qui pourrait avoir comme filiation les séries policières télévisuelles et... Docteur Slump ! A lire pour votre bien, c'est la police qui vous le dit !!

Les auteurs

Né le 4 janvier 1981 à Rouen, Bill déménage dès l'âge de 3 ans aux alentours de Nîmes. Après avoir obtenu un Bac Arts Appliqués à seulement 17 ans, il décide de prendre sous son aile un jeune dessinateur désœuvré, « Gobi », - en référence au désert de son existence -. Premier jalon d'une grande complicité, ils rentrent tous deux aux Arts Décoratifs de Strasbourg en 1998 sous l'égide de Claude Lapointe. Remarqué lors de différents concours « Jeunes Talents » d'Angoulême, Jean-Claude Camano fait le pari d'observer plus attentivement cette graine de champion. Il débute alors dans « Tchô le Mégazine », ce qui lui permet enfin de pouvoir vivre de son pinceau. Un dernier défi pour lui : l'animation car là, les bonhommes, ils bougent !!

Né le 10 août 1980 a Nîmes, Gobi est élevé sous le sein des dessins animés japonais comme toute sa génération. Par conséquent, le dessin devient très vite une passion, influencé par le grand Toriyama, auteur de « Dragon Ball », son plus grand coup de cœur. En 1995, il entre en section arts appliqués au lycée Camargue a Nîmes, il y rencontre Bill qui a les mêmes influences et motivations. Ensemble, ils décident de devenir dessinateurs. Dans les ateliers d'illustrations de Strasbourg, ils rencontrent Fabien Mense avec qui ils réalisent un dessin animé dans l'esprit des animations japonaises. Cela donne le court métrage d'animation « Catfish hôtel ». Après l'obtention de son diplôme et quelques désillusions dans le monde de l'animation, il fait du charme à Gilles Boulet, puis à Jean-Claude Camano, et entre dans la Tchô team où il crée les Zblucops avec Bill.

CONTACT PRESSE : Elise Brun - Éditions Glénat - 31-33, rue Ernest-Renan - 92130 ISSY-LES-MOULINEAUX
TEL : 01 41 46 11 11 - FAX : 01 41 46 09 78 - E-mail : elise.brun@glenat.com

SALUT, KARP! C'EST PAR OÙ ?
...COMMENT PEUT-ON FAIRE UNE CHOSE PAREILLE ?...
MOI JE SAIS...
C'EST... AFFREUX!
VOUS N'AVEZ VU PERSONNE ENTRER OU SORTIR D'ICI?
NON, HEUREUSEMENT J'ÉTAIS ABSENTE...MON DIEU, SI J'AVAIS ÉTÉ LÀ...
...IL M'AURAIT PEUT-ÊTRE...F...FAIT DESSUS!!! VOUS VOUS RENDEZ COMPTE ?!!!
...EUH, OUI...JE ...
MAIS VOUS VOUS RENDEZ COMPTE?!!!
...JE...EUH, VALENTINE?
...SOUTIEN PSYCHOLOGIQUE.
?
CALMEZ-VOUS !!!
HUM... MERCI.
'Y A PAS DE QUOI.
EH! C'EST RIGOLO, LA CROTTE, ELLE FAIT "TIC-TAC"!
IL Y A UNE BOMBE À L'INTÉRIEUR !!!
N'Y TOUCHE PAS!!!

Glénat

...ET SELON UNE RÉCENTE ÉTUDE DANS LES PAYS EUROPÉENS, LA FEMME AURAIT UNE ESPÉRANCE DE VIE DE SIX ANS SUPÉRIEURE À CELLE DE L'HOMME...
...À PRÉSENT, NOS INFORMATIONS ÉCONOMIQUES POUR LE RESTE DU MONDE...
ZAP
...ET POUR CONCLURE NOTRE MAGAZINE "MATINCRÉTIN", LE CHIFFRE DE LA SEMAINE, CHÈRE MARIE-ANGE...
EH OUI, CHÈRE MARIE-BERTHE!... ...SAVIEZ-VOUS QU'À RAISON D'UNE HEURE PAR JOUR EN MOYENNE, UNE FEMME PASSE EN TOUT SIX ANS DE SA VIE DANS UNE SALLE DE BAIN?!!...

INTERVIEW de la Tulipe Velue

« JE VIVAIS COMPLÈTEMENT COUPÉE DU MONDE, JE N'AVAIS PLUS D'AMIS, JE NE VOULAIS PLUS SORTIR... MES POILS M'ONT GÂCHÉ LA VIE... »

Sur le fil du Rasoir

Il y a quelques mois, nous avons interviewé Valentine, l'une de nos fidèles lectrices, à qui notre magazine a décidé de consacrer un numéro spécial. Tout juste sortie de dépression, après plusieurs séjours en hôpitaux psychiatriques et en cure de désintoxication pour Poilus Anonymes. Les poils, à épiler avec modération... PAR SUZANNE VELUE

Pourquoi sortir enfin de votre silence ?
Si j'ai voulu témoigner, c'est d'abord pour toutes les gamines qui lisent déjà des magazines comme ELLE DECOLORATION alors qu'elles n'ont que 10 ans et pas tous leurs poils...
Vous pensez que ça peut arriver à n'importe qui ?
Bien sûr, mais il faut savoir s'arrêter à temps ! Au début on trouve ça génial, on fait des courses d'épilateurs avec ses copines, ou on joue au bûcheron de la forêt amazonienne dans la salle de bain...
Oui, comme tout le monde, rien de bien méchant en somme...
Oui, mais petit à petit on commence à s'épiler toute seule, chez soi, deux, trois, cinq fois par jour, on se coupe de sa famille, de ses amis, et puis c'est le bad trip et la dégringolade... J'avais des hallucinations en permanence ; je croyais que mes poils me haïssaient, qu'ils étaient mes ennemis, qu'ils m'en voulaient... bref, la parano totale. En fait, les poils peuvent être très sympa quand on les connaît bien !... Ils ont même pas mal d'humour !
Euh...êtes-vous totalement guérie?
Non, bien sûr. Je garderai des séquelles à vie... A force de rester penchée en avant des heures durant pour examiner mes poils, je suis devenue bossue ; et l'utilisation intensive de la pince à épiler a fini par me coller une tendinite au poignet. A 25 ans, je souffre des mêmes problèmes physiques qu'un informaticien de 50 ans...
Et... mentalement ?
Je continue à être suivie par mon psychiatre, et parallèlement j'ai aussi créé une association destinée à venir en aide aux jeunes femmes victimes de ce problème. Dans cette situation, il ne faut pas hésiter à en parler, et il ne faut surtout pas avoir honte... même si les poils sont encore un sujet tabou dans notre société.
Qu'allez-vous faire à présent ?
J'ai décidé d'avoir recours à une épilation définitive au laser que je compte financer avec la publication d'une bande dessinée, relatant au quotidien cette expérience difficile.
Eh bien bonne chance, Valentine !...
Merci !

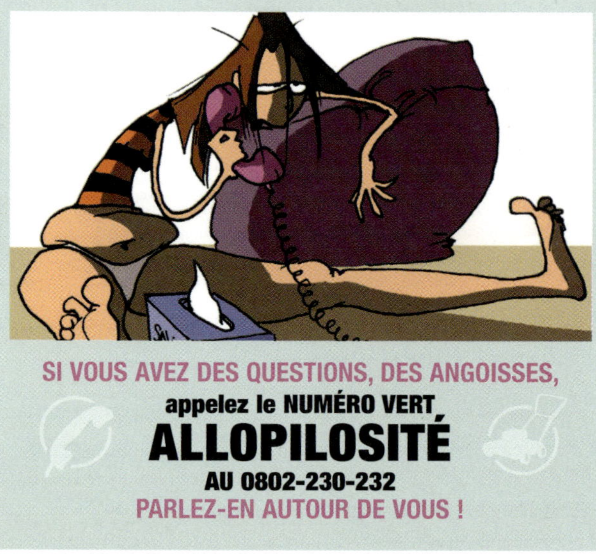

SI VOUS AVEZ DES QUESTIONS, DES ANGOISSES,
appelez le NUMÉRO VERT
ALLOPILOSITÉ
AU 0802-230-232
PARLEZ-EN AUTOUR DE VOUS !

Relookée par notre magazine
et notre équipe de relookeurs
qui ont vraiment fait tout ce qu'ils ont pu.

Mise en beauté (pas facile)
Annouchka DUPOND pour *Boréal* : ombre à paupières mauve métallisé (*Citroën*), fond de teint Plâtristar (*Bricorama*), mascara *Balayett'*.

Mise en coiffure visagisto-capillaire
Jean-Louis COCAÏN : String *Prada* 190 euros, bottines *Nostar* 120 euros, Pull *Tati* 5,90 euros, collier contrefaçon *Chanel* 10 euros.

??
BZZZZZZ
BZZZZ

SOUPIRE...
FLOP... FLOP... PLOP...
iL M'AiME...
...UN PEU...
...BEAUCOUP...
...PASSiONNÉMENT...
...À LA FOLiE...
...PAS DU TOUT...
...iL M'AiME...
...UN PEU MOiNS...
...BEAUCOUP MOiNS...
...iL S'ENNUiE...
...iL ME FUiT...
...iL M'ENGUEULE...
...iL ME PLAQUE...
...POUR MA MEiLLEURE AMiE...
...iL ME LAiSSE...
...TOUTE SEULE AU 6ÈME
...AU MOiS D'AOÛT...
...MAiS QUÈCH' VAiS
FAiRE D'MA ViE?...

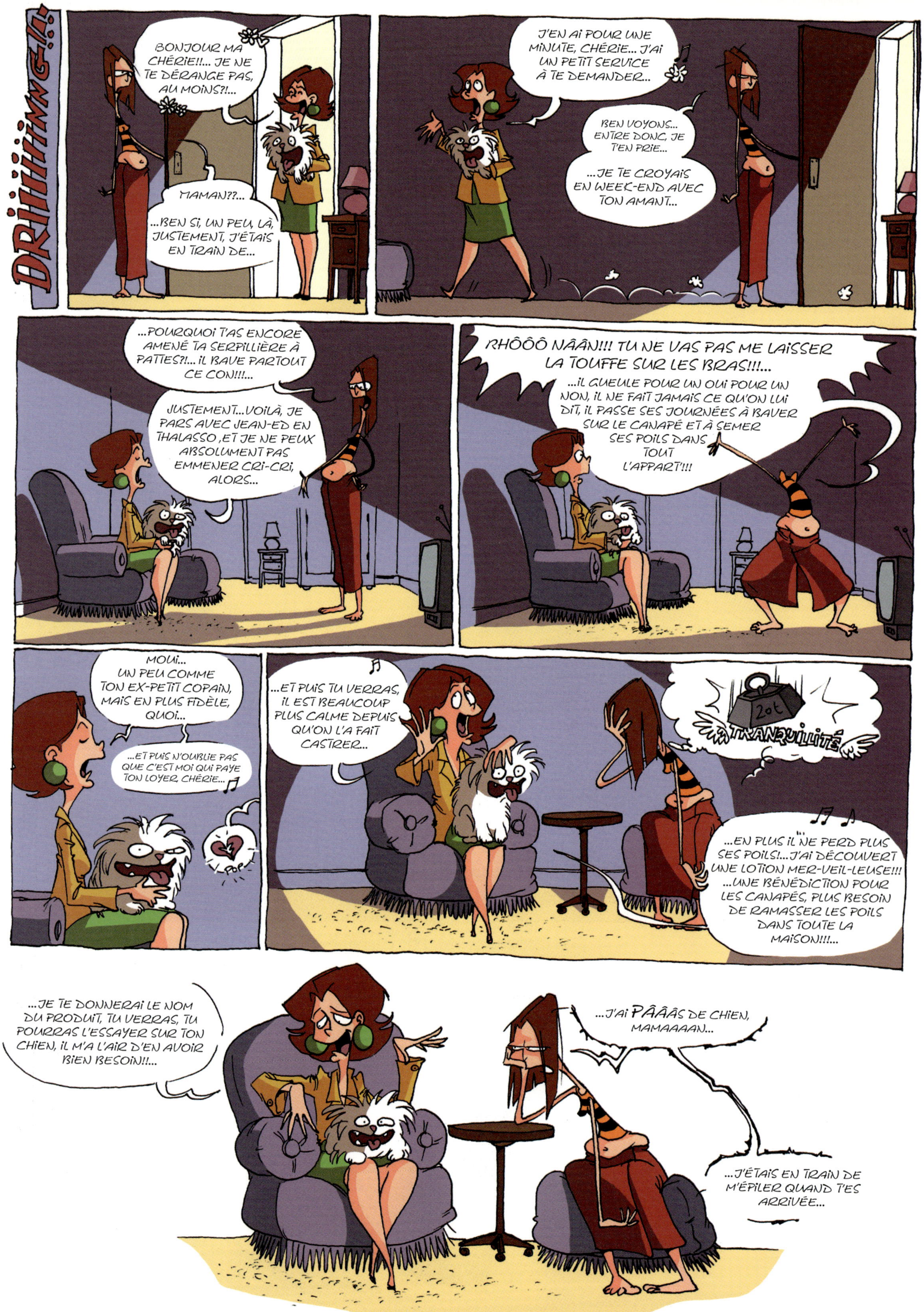
DRIIIIIIINNG!!!
BONJOUR MA CHÉRIE!!... JE NE TE DÉRANGE PAS, AU MOINS?!...
MAMAN??...
...BEN SI, UN PEU, LÀ, JUSTEMENT, J'ÉTAIS EN TRAIN DE...
J'EN AI POUR UNE MINUTE, CHÉRIE... J'AI UN PETIT SERVICE À TE DEMANDER...
BEN VOYONS... ENTRE DONC, JE T'EN PRIE...
...JE TE CROYAIS EN WEEK-END AVEC TON AMANT...
...POURQUOI T'AS ENCORE AMENÉ TA SERPILLIÈRE À PATTES?!... IL BAVE PARTOUT CE CON!!!...
JUSTEMENT...VOILÀ, JE PARS AVEC JEAN-ED EN THALASSO ,ET JE NE PEUX ABSOLUMENT PAS EMMENER CRI-CRI, ALORS...
RHÔÔÔ NÂÂN!!! TU NE VAS PAS ME LAISSER LA TOUFFE SUR LES BRAS!!!...
...IL GUEULE POUR UN OUI POUR UN NON, IL NE FAIT JAMAIS CE QU'ON LUI DIT, IL PASSE SES JOURNÉES À BAVER SUR LE CANAPÉ ET À SEMER SES POILS DANS TOUT L'APPART!!!
MOUI... UN PEU COMME TON EX-PETIT COPAIN, MAIS EN PLUS FIDÈLE, QUOI...
...ET PUIS N'OUBLIE PAS QUE C'EST MOI QUI PAYE TON LOYER CHÉRIE...
POP
...ET PUIS TU VERRAS, IL EST BEAUCOUP PLUS CALME DEPUIS QU'ON L'A FAIT CASTRER...
20t
TRANQUILLITÉ
...EN PLUS IL NE PERD PLUS SES POILS!... J'AI DÉCOUVERT UNE LOTION MER-VEIL-LEUSE!!! ...UNE BÉNÉDICTION POUR LES CANAPÉS, PLUS BESOIN DE RAMASSER LES POILS DANS TOUTE LA MAISON!!!...
...JE TE DONNERAI LE NOM DU PRODUIT, TU VERRAS, TU POURRAS L'ESSAYER SUR TON CHIEN, IL M'A L'AIR D'EN AVOIR BIEN BESOIN!!...
...J'AI PÂÂÂS DE CHIEN, MAMAAAAAN...
...J'ÉTAIS EN TRAIN DE M'ÉPILER QUAND T'ES ARRIVÉE...

OUI OUI, C'EST ÇA, T'ES BEAU... BON, ÇA Y EST, T'AS FINI DE ME LÉCHOUILLER LE BRAS, OUI?
BON, ÇA VA BIEN MAINTENANT, VIRE-MOI CETTE LANGUE BAVEUSE DE LÀ!! J'AI PAS QUE ÇA À FAIRE, NON PLUS!...
ALLEZ, ÇA SUFFIT, RENTRE TA LANGUE, MAINTENANT... ... OU ALORS VA JOUER PLUS LOIN, AU MOINS !!!
PFFF, TU VOIS BIEN QUE TU ME GÊNES, LÀ!... ALLEZ, DÉGAGE! ... ET PUIS RENTRE CETTE LANGUE, JE T'AI DIT!...
BON, TU L'AURAS CHERCHÉ!...VA PAS TE PLAINDRE À LA S.P.A., APRÈS...
BZZZZZZZZZZZ ZZZZZZZZ
KAÏ, KAÏ, KAÏ, KAÏ, KAÏ, KAÏ, KAÏ, KAÏ...
PFFFF, QU'EST-CE QU'IL A ENCORE À COUINER COMME ÇA???...QUELLE PLAIE, CE CHIEN...
...EH BIEN, C'EST RARISSIME, MAIS.... ÇA M'A TOUT L'AIR D'ÊTRE UNE CRISE D'ASTHME...ON DIRAIT BIEN QUE VOTRE CHIEN FAIT UNE PETITE ALLERGIE AUX POILS D'HUMAINS ...
KAÏÏÏÏÏÏi..

...MAIS LÂCHE ÇA, À LA FIN, T'AS PAS FINI DE BOUFFER N'IMPORTE QUOI?!!! GARE À TOI SI TU ME CASSES MON EPILATOR!!...
BZZZZZZZZ ZZZZZZZ
...TOI PAS COMPRENDRE??? MOI T'EXPLIQUER !!!!...
D'ACCORD, TU L'AURAS VOULU!! J'APPELLE LE TAXIDERMISTE !!!!!!
HIC!
BRRRRRRRRR RRRRRRR
GNIIIII...
BRRRRRRRR RRRRRRR
WOUF!
BZZZZZ ZZZ
BZZZZZ ZZZ
APRES-VENTE
...VOUS CROYEZ QU'ON PEUT ENCORE SAUVER MON EPILATOR?

vos Poils ? vos Kilos ? votre Mec ?

Comment vous en débarrasser avant l'été !

1 VOS POILS
Réponse : **épilez-vous !**

Ça va sans dire et ça va encore mieux en le faisant : arrêtez de vous en prendre à Dieu et votre grand-mère portugaise, prenez votre courage et vos papattes à deux mains, et dites-vous que vous en avez pour votre vie et que même la ménopause ne vous délivrera pas de cette corvée. Un peu comme Sardou qui trouvait déjà que les poils, c'est moins désespérant en chantant, reprenez en chœur "L'épilator, ça fait bobo, La cire qui colle, c'est du boulot, La crème qui pue, c'est rigolo, mais le rasoir, c'est pas jojo" ...Et puis merde ! Dites-vous qu'avec l'évolution, vos arrière-petites-filles ne sauront même plus ce que c'est qu'un poil, et ne connaîtront jamais comme vous les joies de la cire, alors profitez-en, veinardes !...

2 VOS KILOS
Réponse : **épilez-vous !**

Ne vous faites pas d'illusions : même en suivant à la lettre l'improbable régime au dos de votre paquet de céréales à 0%, il est vraiment peu probable que vous passiez en quelques jours du stade de gros boudin blanc des villes au statut envié de grande chipolata des podiums !... Pour les angoissées de la balance, faites-vous une grande séance de ratiboisage et, sourcils compris, perdez 500 grammes en une demi-journée : méthode efficace pour vous remonter le moral, et vous dispensant de manger des céréales en papier mâché, les fibres du paillasson pour faire caca et les graines du canari parce qu'elles sont riches en avoine.

3 VOTRE MEC
Réponse 1 : **ne vous épilez-plus !**

... Faites-lui concurrence ! Vous aussi, comme l'essentiel de la gent masculine urbaine à l'approche des beaux jours, laissez délicatement vos gros mollets chevelus émerger d'une paire de chaussettes, surplombant d'élégantes sandales sportives couleur bouse de chameau montées sur airbags. Pour les plus téméraires, oubliez la chaussette et osez le pied nu avec les poils du gros orteil taquinant la boucle de sandale... Pour compléter la tenue, arborez l'inexcusable short pingouin du désert, dont l'entrejambe aux genoux affinera encore votre silhouette de phacochère, et que vous n'oublierez pas de remonter à hauteur de quéquette (ou de foufoune) une fois assise, afin de dévoiler vos belles cuisses d'orang-outang...
Enfin, pour les adeptes du string, n'oubliez pas de laisser courir côté face le ravissant cordage de poils allant du nombril au pubis, ô combien plus sensuel que n'importe quel piercing... à se gratter de temps en temps pour garder une belle contenance de fille sûre d'elle-même.

Réponse 2 : **épilez-le !** (sans commmentaire!)

notre témoignage du Mois

« Grâce à mes épilations, j'ai une nouvelle vie, un nouveau physique, et je vais bientôt devenir célèbre !... »

Sacha, 19 ans,
étudiante en école d'Arts Appliqués

Depuis un an, je m'épile au goudron une fois par semaine, et je prends des photos des résidus pour mon projet de fin d'année, qui traite principalement de la difficulté pour la femme à se réapproprier un corps martyrisé pour les besoins de l'apparence. A cause des vapeurs nauséabondes inhalées, j'ai constamment des nausées et je ne mange presque plus rien: j'ai perdu 8 kilos en quelques mois, c'est formidable ! Mon mec ne comprenait rien à mon art et à mes performances, il passait son temps sur le canapé à fumer ses boulettes de shit, je ne le supportais plus ! Jusqu'au jour ou j'ai eu l'idée de remplacer son shit par du goudron sans qu'il s'en aperçoive (du coup j'ai tenté une épilation au shit, mais ça n'était pas très concluant rapport qualité-prix). Depuis, mon mec m'a quittée et mon chat s'est jeté par la fenêtre du 6ème étage. A présent je suis tranquille, j'habite toute seule sous les toits avec mon rat péruvien (je l'ai mis dans une cage pour éviter qu'il ne saute lui aussi) et je prépare en plus une thèse médicale sur les bienfaits adoucissants et hydratants du goudron ardechois.

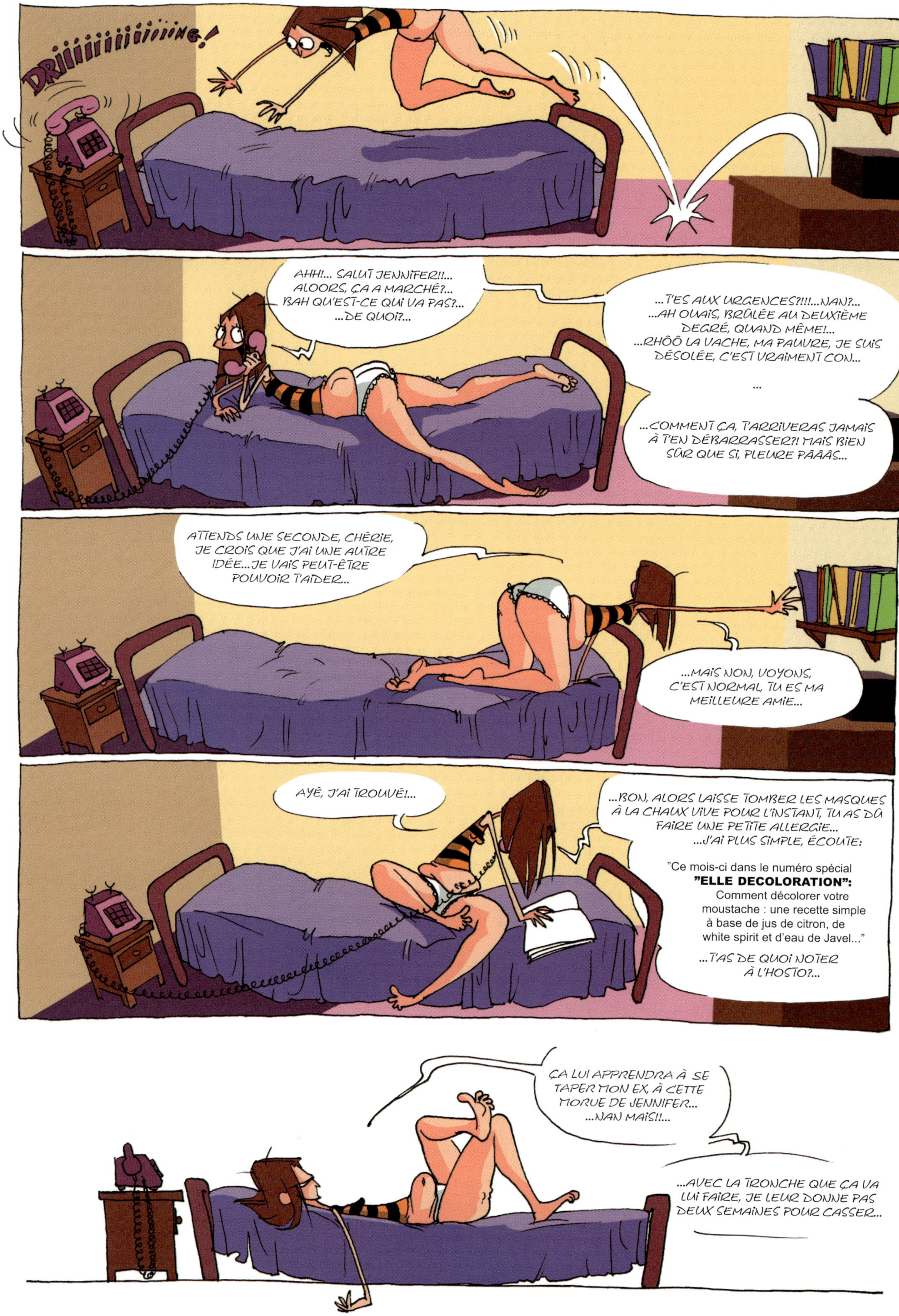

DRIIIIIIIIIIIIIIIIING!
AHH!... SALUT JENNIFER!!... ALOORS, ÇA A MARCHÉ?... BAH QU'EST-CE QUI VA PAS?... ...DE QUOI?...
...T'ES AUX URGENCES?!!!...NAN?... ...AH OUAIS, BRÛLÉE AU DEUXIÈME DEGRÉ, QUAND MÊME!... ...RHÔÔ LA VACHE, MA PAUVRE, JE SUIS DÉSOLÉE, C'EST VRAIMENT CON...
...
...COMMENT ÇA, T'ARRIVERAS JAMAIS À T'EN DÉBARRASSER?! MAIS BIEN SÛR QUE SI, PLEURE PÂÂÂS...
ATTENDS UNE SECONDE, CHÉRIE, JE CROIS QUE J'AI UNE AUTRE IDÉE...JE VAIS PEUT-ÊTRE POUVOIR T'AIDER...
...MAIS NON, VOYONS, C'EST NORMAL, TU ES MA MEILLEURE AMIE...
AYÉ, J'AI TROUVÉ!...
...BON, ALORS LAISSE TOMBER LES MASQUES À LA CHAUX VIVE POUR L'INSTANT, TU AS DÛ FAIRE UNE PETITE ALLERGIE... ...J'AI PLUS SIMPLE, ÉCOUTE:
"Ce mois-ci dans le numéro spécial **"ELLE DECOLORATION":** Comment décolorer votre moustache : une recette simple à base de jus de citron, de white spirit et d'eau de Javel..."
...T'AS DE QUOI NOTER À L'HOSTO?...
ÇA LUI APPRENDRA À SE TAPER MON EX, À CETTE MORUE DE JENNIFER... ...NAN MAIS!!...
...AVEC LA TRONCHE QUE ÇA VA LUI FAIRE, JE LEUR DONNE PAS DEUX SEMAINES POUR CASSER...

BONJOUR VALENTINE! JE VOUS AMÈNE MIMI À GARDER POUR LE WEEK-END!...
BONJOUR, MADAME DUCOCU!...
...SALUT LA COUCHE-CULOTTE !!
ALLEZ, MA PUCE, ...SOIS SAGE AVEC VALENTINE!...
...MAMAN VA À LONDRES VOIR DES CLIENTS POUR LE WEEK-END...
TU ME RAMÈNERAS UN CADEAU SOUVENIR DIS??
D'ACCORD, MA CHÉRIE... SI TU ES SAGE, JE T'ACHÈTERAI DES ACTIONS "EUROTUNNEL", ...
...MIMI VOULAIT À TOUT PRIX REVENIR CHEZ VOUS!...
VOUS DEVEZ VOUS ENTENDRE À MERVEILLE TOUTES LES DEUX!..
BÔ, VOUS SAVEZ, MOI J'AI TOUJOURS AIMÉ LES ANIMAUX...
...JE NE SAIS PAS CE QUE VOUS FAITES, MAIS VOUS DEVEZ ÊTRE UNE BABY-SITTER FORMIDABLE!
JE VOUS LAISSE! À BIENTÔT, MA CHÉRIE!!...
Dis..? Tu me racontes la fin de l'histoire de la princesse Puberté dans la forêt des poils enchantés ??...
...TOUT À L'HEURE... J'AI UNE ÉPILATION À FINIR... VA JOUER DANS LA CUISINE, J'AI RACHETÉ DES ALLUMETTES ET DU WHITE-SPIRIT...

...SUR L'ORDRE DU ROI, ON AVAIT JETÉ TOUS LES RASOIRS JETABLES DU PAYS...MAIS MALGRÉ TOUT, LA PRINCESSE VENAIT DE SE SERVIR DE CELUI QUE LUI AVAIT DONNÉ LA SORCIÈRE DU DONJON...
...ALORS LA BELLE AU BOIS DORMANT VOULUT TOUCHER, ET ELLE SE PIQUA ATROCEMENT LE DOIGT...
KAÏ! KAÏ!
GNARK! GNARK! GNARK!
PUIS LES POILS REPOUSSÈRENT, ET ON NE LA REVIT PLUS JAMAIS...
...VOILÀ POURQUOI IL NE FAUT JAMAIS TOUCHER UN RASOIR QU'IL TRAÎNE DANS UN VIEUX DONJON OU DANS UNE SALLE DE BAIN...
...ET ENCORE MOINS ESSAYER DE SE BROSSER LES DENTS AVEC!!...
...COMPRIS???
PFFFFFFFFFF... FAUT VRAIMENT RIEN LAISSER TRAÎNER AVEC LES GOSSES...
BON... DODO, MAINTENANT!!
...
ACIDE SULFURE
CRÈME ÉPILATOIRE
CYANU
WHITE SPIRIT
...mais le prince?... 'y a pas un prince qui vient la sauver à la fin?..
OUBLIE ÇA...
...QUAND IL A VU LES JAMBES DE LA BELLE AU BOIS DORMANT, IL A PRÉFÉRÉ FAIRE DEMI-TOUR ET RETRAVERSER LA FORÊT DE RONCES QUI ENTOURAIT LE CHÂTEAU...
...IL L'A LAISSÉE DANS SA TOUR AVEC SES POILS, ET IL EST ALLÉ SE TAPER SA MEILLEURE COPINE
...
?

Princesse Raiponce

Le fil d'Ariane

Samson et Dalila

BAH MA PUCE, QU'EST-CE QUE TU FAIS, LÀ?...
...TU PARS À LA CHASSE AUX POILS?
...ELLE EST MIGNONNE, ELLE VEUT FAIRE PAREIL QUE MOI!...C'EST CHOU!
...ALORS ON VEUT IMITER TATA VALENTINE?... ...TU PEUX CHERCHER LONGTEMPS COMME ÇA, TU SAIS, T'ES TROP JEUNE POUR AVOIR DU POIL AUX PATTES!...
REMARQUE, IL EST JAMAIS TROP TÔT POUR PRENDRE LES BONNES HABITUDES, HEIN!... TOI TU ME COMPRENDS, AU MOINS, HEIN!...
Valentine... ...je crois que j'ai fait pipi sur ton magazine « Elle et Décoration »...

La Déesse indo-portugaise à six bras,

SHIVA-PLOU-VITE-POUR-S'EPILECH'

... POUR DEVENIR HUMAINE, PREMIÈREMENT... TU DOIS ME DONNER TA VOIX!...
...TU NE POURRAS PLUS JAMAIS TÉLÉPHONER AUX COPINES OU FAIRE LA STAR'AC... ...LE VEUX-TU?
OUI, JE LE VEUX! Ô MON PRINCE, JE L'AIME TANT!...
....DEUXIÈMEMENT, SI TU TE PRENDS UN RÂTEAU, TU TE TRANSFORMERAS EN ÉCUME DANS D'ATROCES SOUFFRANCES....
...ET TROISIÈMEMENT, À CHAQUE PAS QUE TU FERAS TU AURAS L'IMPRESSION QUE MILLE POIGNARDS TE TRANSPERCENT LES PIEDS!! ...LE VEUX-TU?
...'M'EN FOUS, JE LE VEUX!! Ô MON DOUX PRINCE!
ÇA ROULE, COCOTTE, SIGNE EN BAS!
...UNE MINUTE... QU' EST-CE QU'IL Y A D'ÉCRIT EN PETITES LETTRES, LÀ??
..."QUATRIÈMEMENT, SUR VOS JAMBES, VOUS ALLEZ AUSSI AVOIR PLEIN DE POILS, ET VOUS SOUFFRIREZ TOUTE VOTRE VIE LES TORTURES DE L'ÉPILATION ..."
...C'T'ARNAQUE!! ÇA VA PAS, NON?!
WAOUW!...
...ET LA PETITE SIRÈNE RESTA DANS L'EAU, ÉPOUSA UN MÉROU, ET AUCUNE COUTUME BARBARE NE L'OBLIGEA JAMAIS À S'ÉPILER LES ÉCAAAAAAAAAILLES!

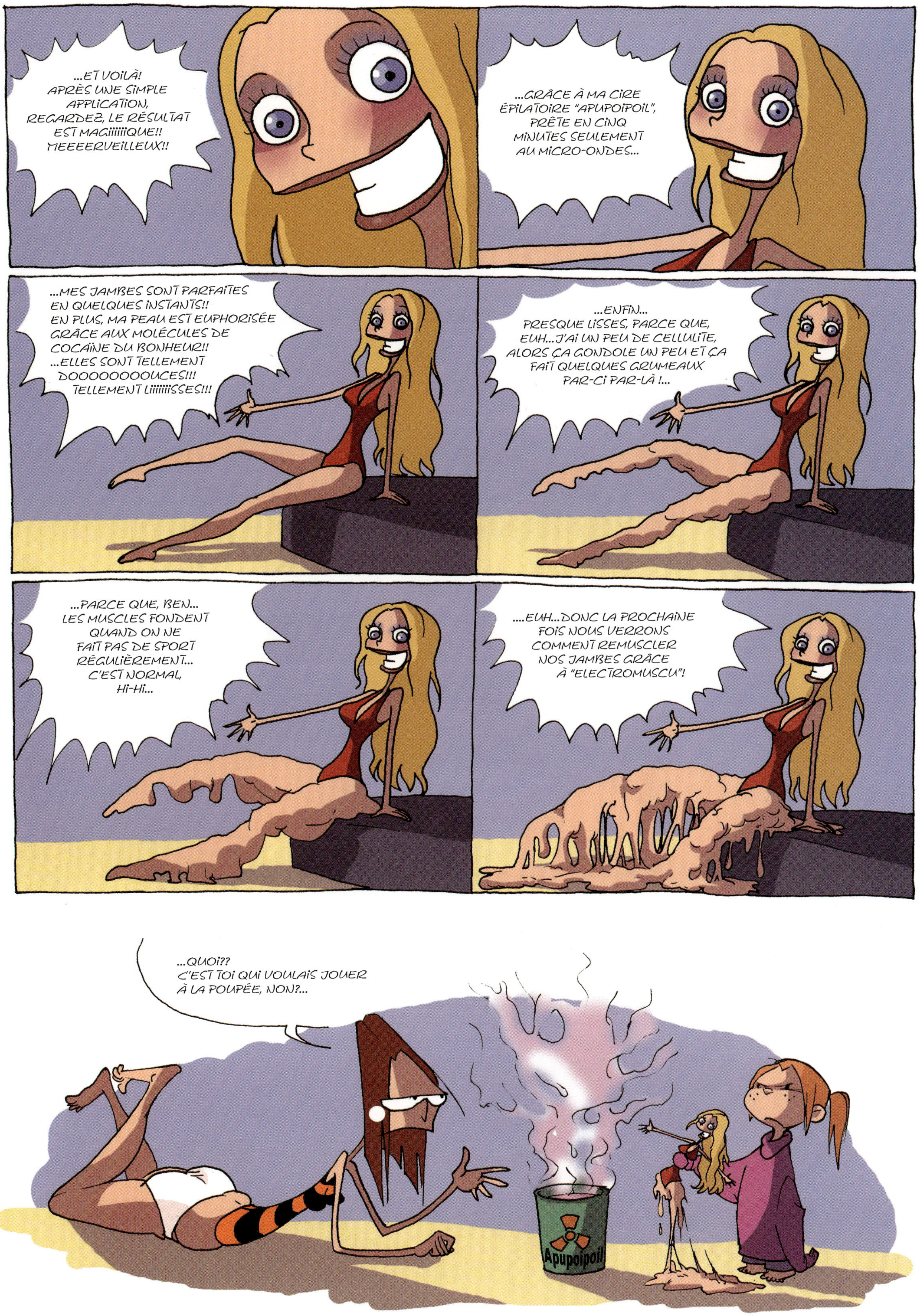
...ET VOILÀ! APRÈS UNE SIMPLE APPLICATION, REGARDEZ, LE RÉSULTAT EST MAGIIIIIIQUE!! MEEEERVEILLEUX!!
...GRÂCE À MA CIRE ÉPILATOIRE "APUPOIPOIL", PRÊTE EN CINQ MINUTES SEULEMENT AU MICRO-ONDES...
...MES JAMBES SONT PARFAITES EN QUELQUES INSTANTS!! EN PLUS, MA PEAU EST EUPHORISÉE GRÂCE AUX MOLÉCULES DE COCAÏNE DU BONHEUR!! ...ELLES SONT TELLEMENT DOOOOOOOOOUCES!!! TELLEMENT LIIIIIIISSES!!!
...ENFIN... PRESQUE LISSES, PARCE QUE, EUH...J'AI UN PEU DE CELLULITE, ALORS ÇA GONDOLE UN PEU ET ÇA FAIT QUELQUES GRUMEAUX PAR-CI PAR-LÀ !...
...PARCE QUE, BEN... LES MUSCLES FONDENT QUAND ON NE FAIT PAS DE SPORT RÉGULIÈREMENT... C'EST NORMAL, HI-HI...
....EUH...DONC LA PROCHAINE FOIS NOUS VERRONS COMMENT REMUSCLER NOS JAMBES GRÂCE À "ELECTROMUSCU"!
...QUOI?? C'EST TOI QUI VOULAIS JOUER À LA POUPÉE, NON?...
Apupoipoil

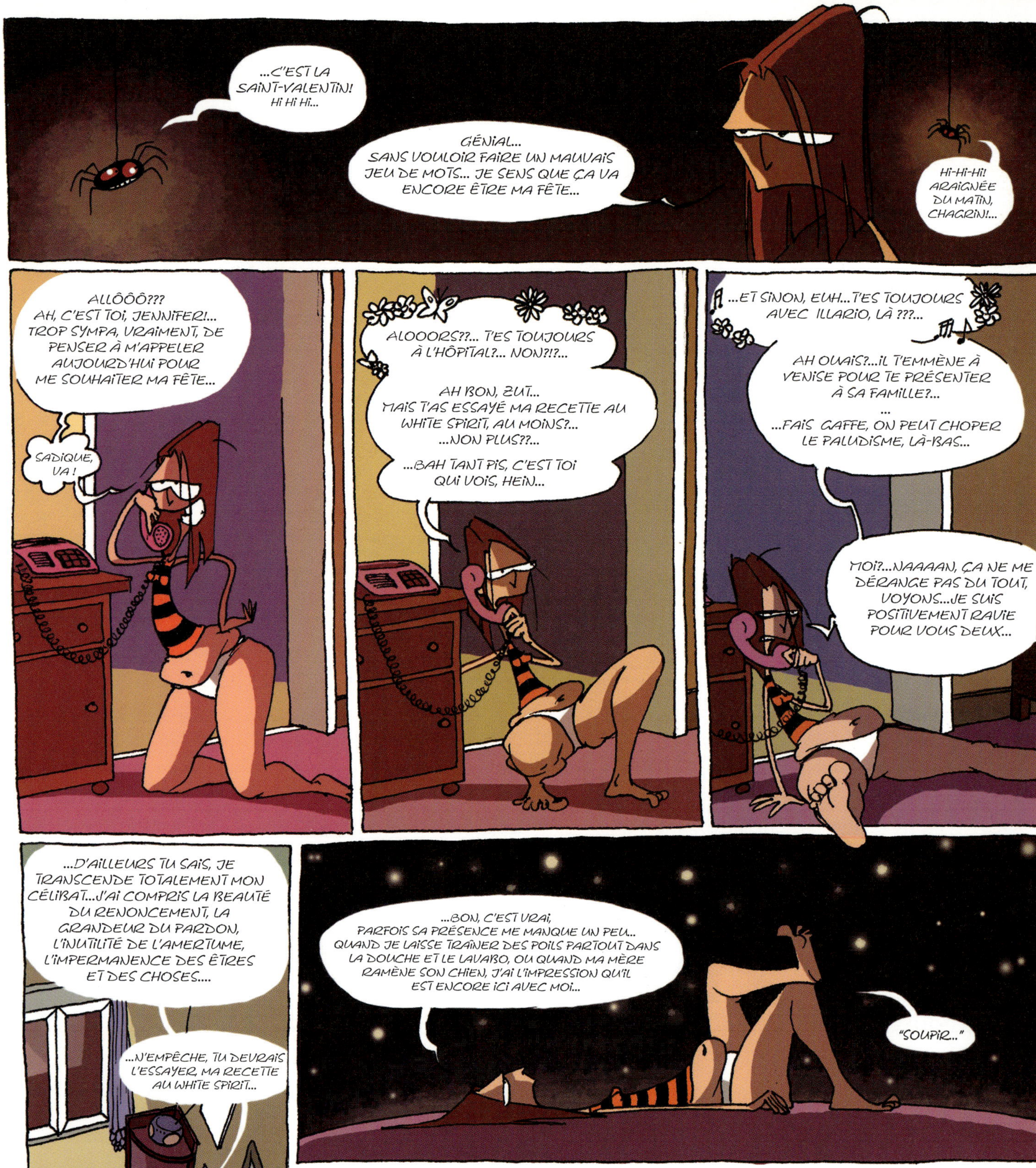
...C'EST LA SAINT-VALENTIN! HI HI HI...
GÉNIAL... SANS VOULOIR FAIRE UN MAUVAIS JEU DE MOTS... JE SENS QUE ÇA VA ENCORE ÊTRE MA FÊTE...
HI-HI-HI! ARAIGNÉE DU MATIN, CHAGRIN!...
ALLÔÔÔ??? AH, C'EST TOI, JENNIFER!... TROP SYMPA, VRAIMENT, DE PENSER À M'APPELER AUJOURD'HUI POUR ME SOUHAITER MA FÊTE...
SADIQUE, VA !
ALOOORS??... T'ES TOUJOURS À L'HÔPITAL?... NON?!?...
AH BON, ZUT... MAIS T'AS ESSAYÉ MA RECETTE AU WHITE SPIRIT, AU MOINS?... ...NON PLUS??...
...BAH TANT PIS, C'EST TOI QUI VOIS, HEIN...
...ET SINON, EUH... T'ES TOUJOURS AVEC ILLARIO, LÀ ???...
AH OUAIS?...IL T'EMMÈNE À VENISE POUR TE PRÉSENTER À SA FAMILLE?... ... ...FAIS GAFFE, ON PEUT CHOPER LE PALUDISME, LÀ-BAS...
MOI?...NAAAAN, ÇA NE ME DÉRANGE PAS DU TOUT, VOYONS...JE SUIS POSITIVEMENT RAVIE POUR VOUS DEUX...
...D'AILLEURS TU SAIS, JE TRANSCENDE TOTALEMENT MON CÉLIBAT...J'AI COMPRIS LA BEAUTÉ DU RENONCEMENT, LA GRANDEUR DU PARDON, L'INUTILITÉ DE L'AMERTUME, L'IMPERMANENCE DES ÊTRES ET DES CHOSES....
...N'EMPÊCHE, TU DEVRAIS L'ESSAYER, MA RECETTE AU WHITE SPIRIT...
...BON, C'EST VRAI, PARFOIS SA PRÉSENCE ME MANQUE UN PEU... QUAND JE LAISSE TRAÎNER DES POILS PARTOUT DANS LA DOUCHE ET LE LAVABO, OU QUAND MA MÈRE RAMÈNE SON CHIEN, J'AI L'IMPRESSION QU'IL EST ENCORE ICI AVEC MOI...
"SOUPIR..."
COMMENT ÇA, "PAS SI POILU" ?... ...DIS DONC, ITALIEN OU PAS, C'EST QUAND MÊME LE SEUL MEC QUE JE CONNAISSE QUI SOIT OBLIGÉ DE SE RASER LA LANGUE AVANT D'EMBRASSER SA COPINE...

DISPONIBLE également en coloris simili-croco dans son étui en fausse fourrure !
LE PREMIER RASOIR POUR BEAUF !
LE RASOIR QUI FAIT VROUM !
LE RASOIR QUI A LA CLASSE !
LE RASOIR QUI NE VOUS COÛTERA PAS CHER EN GARAGISTE !
OFFRE EXCEPTIONNELLE
2€
DE RÉDUCTION sur l'achat de votre Ferrari !
Pour tout achat d'un rasoir Frimette
VROOOOOOOM !!
“ TU SERAS IMBERBE, MON FILS ! ”
rasoir Frimette
Vous êtes un homme, un vrai? La vitesse et les belles bagnoles vous font frétiller Popol ?
GRACE A SES TROIS LAMES, VOUS POUVEZ VOUS COUPER TROIS FOIS PLUS VITE EN UN SEUL PASSAGE !
Ça vous laissera plus de temps pour vous éclater contre un platane dans votre Twingo customisée en revenant du Macumba, ou plus de temps pour vous avachir devant la télé pendant que bobonne fait la vaisselle.
GAGNEZ UNE FERRARI !
GRAND JEU
COLLECTIONNEZ LES POINTS BONUS AU DOS DE CHAQUE RASOIR FRIMETTE !
10 points = 1 ESSUIE-GLACE - 20 points = 4 PNEUS
30 points = 1 FERRARI ! *
(* joindre un chèque de 300 000 euros pour les frais d'envoi)

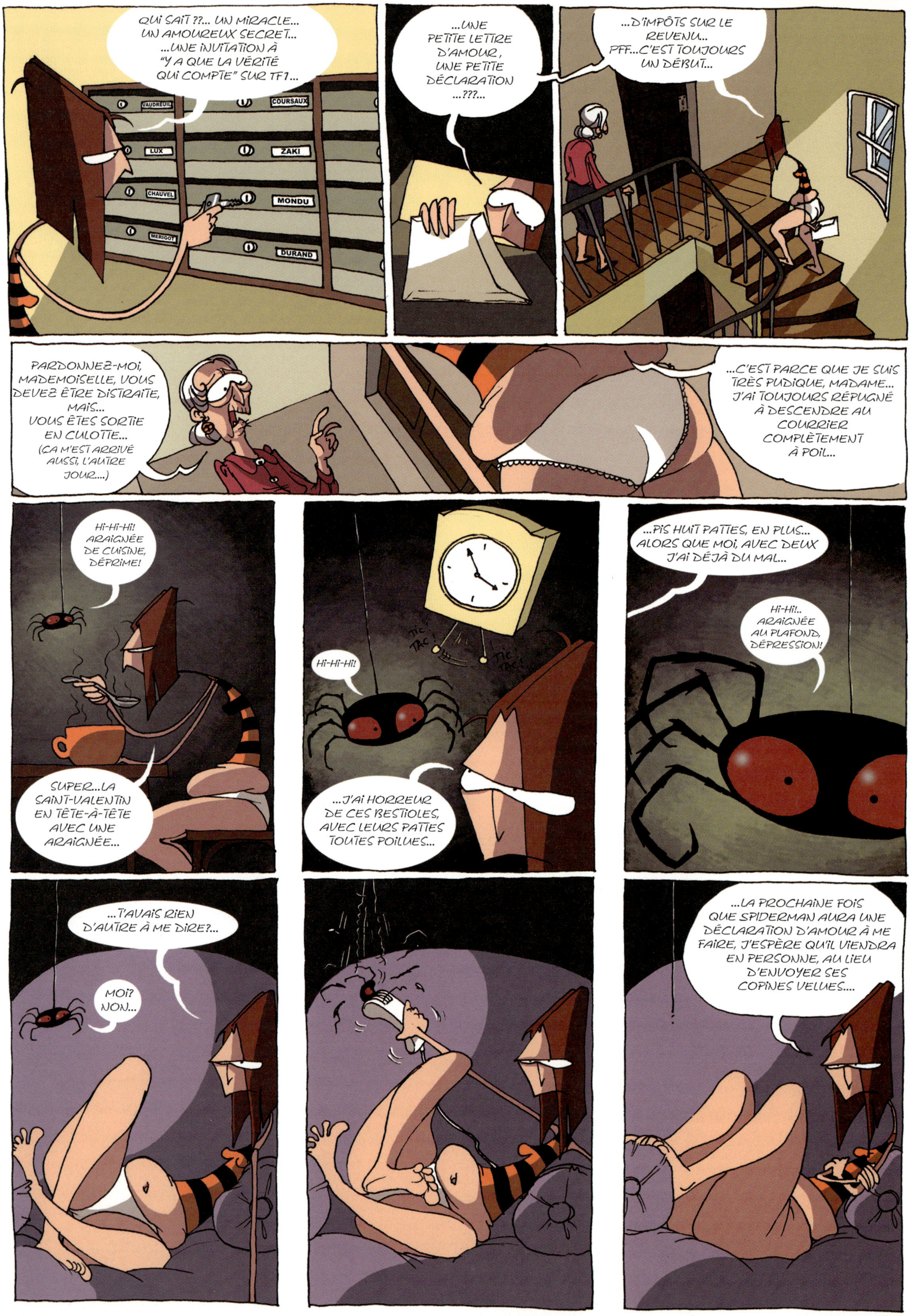
QUI SAIT ??... UN MIRACLE... UN AMOUREUX SECRET... ...UNE INVITATION À "Y A QUE LA VÉRITÉ QUI COMPTE" SUR TF1...
VAUDREUIL
COURSAUX
LUX
ZAKI
CHAUVEL
MONDU
MERIGOT
DURAND
...UNE PETITE LETTRE D'AMOUR, UNE PETITE DÉCLARATION ...???...
...D'IMPÔTS SUR LE REVENU... PFF...C'EST TOUJOURS UN DÉBUT...
PARDONNEZ-MOI, MADEMOISELLE, VOUS DEVEZ ÊTRE DISTRAITE, MAIS... VOUS ÊTES SORTIE EN CULOTTE... (ÇA M'EST ARRIVÉ AUSSI, L'AUTRE JOUR....)
...C'EST PARCE QUE JE SUIS TRÈS PUDIQUE, MADAME... J'AI TOUJOURS RÉPUGNÉ À DESCENDRE AU COURRIER COMPLÈTEMENT À POIL...
HI-HI-HI! ARAIGNÉE DE CUISINE, DÉPRIME!
SUPER...LA SAINT-VALENTIN EN TÊTE-À-TÊTE AVEC UNE ARAIGNÉE...
HI-HI-HI!
TIC TAC
TIC TAC
...J'AI HORREUR DE CES BESTIOLES, AVEC LEURS PATTES TOUTES POILUES...
...PIS HUIT PATTES, EN PLUS... ALORS QUE MOI, AVEC DEUX J'AI DÉJÀ DU MAL...
HI-HI!.. ARAIGNÉE AU PLAFOND, DÉPRESSION!
...T'AVAIS RIEN D'AUTRE À ME DIRE?...
MOI? NON...
...LA PROCHAINE FOIS QUE SPIDERMAN AURA UNE DÉCLARATION D'AMOUR À ME FAIRE, J'ESPÈRE QU'IL VIENDRA EN PERSONNE, AU LIEU D'ENVOYER SES COPINES VELUES....

'Y A PERSONNE QUI M'AIME...
... ENCORE UNE SAINT-VALENTIN DE PASSÉE ET TOUJOURS PERSONNE QUI M'AIME ...
...PAS UNE DÉCLARATION D'AMOUR, PAS UNE LETTRE, PAS UNE BAGUE, PAS UNE ROSE, PAS DE PETITS COEURS EN CHOCOLAT...RIEN!!...
... QUE DES PROSPECTUS À LA CON DANS MA BOÎTE AUX LETTRES...
FLOP! FLOP! FLOP!
ROUC'
ROUC' ROOOOUC' ROUC'
QU'EST-CE QU'IL A, LE DINDON?!!... Y' VEUT MA PHOTO?!
VIENS VOIR PAR LÀ, TOI, ON VA CAUSER...
...ET PUIS QU'EST-CE QUE T'AS À LA PATTE, D'ABORD?!...
...AH OUAIS, 'Y A UN MESSAGE D'ACCROCHÉ À LA PATTE... ON DIRAIT BIEN QUE C'EST UN DINDON VOYAGEUR... JE ME DEMANDE CE QUE C'EST ???...
??
ROUC' ??
HIIIIIIIIIIIIIIIII, UN PETIT COEUR!!!? C'EST UNE DÉCLARATION?!?!! ...COMME C'EST ROMANTIQUE!!!...
... QUELQU'UN M'AIME DONC QUELQUE PART!... C'EST LE PLUS BEAU JOUR DE MA VIE!!...
... KICÉ?! KICÉ?!...
"FÉLICITATIONS!!! VOUS VENEZ DE TROUVER UN DE NOS 100 PIGEONS VOYAGEURS SPÉCIAL SAINT-VALENTIN!!! VOUS ALLEZ POUVOIR BÉNÉFICIER D'UNE RÉDUCTION DE 20% SUR NOTRE GAMME DE RASOIRS MIXTES "APUPOIPOIL" ..."
...JE HAIS LES PUBLICITAIRES...

ALLÔ, MAMAN?... C'EST VALENTINE... JE TE DÉRANGE PAS?...
...
...OUI, MERCI, C'EST SYMPA DE PENSER À ME SOUHAITER MA FÊTE...
DIS, TU FAIS QUOI CE SOIR?... ...JE DÉPRIME UN PEU, LÀ... J'AI PAS ENVIE DE RESTER TOUTE SEULE...
...AU RESTO?...OUAIS, C'EST SUPER... ...AU CINÉ APRÈS?...COOL... ...ET EN BOÎTE POUR FINIR LA SOIRÉE?... ...EH BÉ, QUEL PROGRAMME!...
...NON NON, C'EST PAS GRAVE... ...BON BEN AMUSEZ-VOUS BIEN, TOUS LES DEUX, ALORS...
...ET PASSE LE BONJOUR À JEAN-ED...
...C'EST ÇA, BONNE SOIRÉE...
BISOUS...
CLIC!
...
BON...BEN JE VAIS ALLER ME COUCHER, MOI...
...ALLEZ, BONNE NUIT, L'ACARIEN!...
HOULÀÀ... T'AS PAS PRIS TON ACTIMEL CE MATIN, TOI...
BOF...UN PEU TROP D'AGRESSIONS EXTÉRIEURES, AUJOURD'HUI...
...J'AI TOUJOURS SU QU'IL Y AVAIT DES TRUCS PAS NETS DANS LES POILS DE MOQUETTE...
...BON, C'EST PAR OÙ MON LIT, LÀ?...
CH'UIS VRAIMENT FATIGUÉE, MOI...

14
FEVRIER
Saint
VA PAS BIEN
14
FEVRIER
Saint
VA-T'EN LOIN
14
FEVRIER
Saint
MAL EN POINT
FÊTE DES AMOUREUX, FÊTE DES AMOUREUX... ...ET LA FÊTE DES MALHEUREUX, ALORS?...

VOS JAMBES RESTENT DOUUUUUUUUUUUUUUUUUUUUUCES ET LISSSSSSSSSSES PENDANT DES MOUUAAAAAAAAS !
(et pour les siècles des siècles, amen).

BRITTANY DUPOND

Championne olympique de French-Cancan unijambiste, a choisi la Super-tronçonneuse BEBEGLISS'.

LA SOLUTION LONGUE DURÉE
Comme toutes les stars, Brittany a un agenda très chargé, et n'a pas de temps à perdre... Son secret pour avoir les jambes d'une douceur absolue pendant des mois et des mois? "Grâce à la Super-tronçonneuse BEBEGLISS', je me suis tronçonné les jambes en un seul passage, et je me suis fait poser des prothèses en plastique à la place. Finis les poils!"

LA SOLUTION ANTI-DOULEUR
Vous redoutez une sensation inconfortable lors de l'épilation? Non, plus besoin de souffrir pour garder des jambes douces : grâce au système MEMEPAMAL de BEBELISS', les lames de la tronçonneuse sont dotées de micro-aiguilles avec injection continue de morphine et de cocaïne pendant toute la durée de l'épilation.

SUPER-TRONÇONNEUSE BébéGliss' Douceur Extrême

SPÉCIALEMENT CONÇUE POUR TRONÇONNER LE POIL EN DESSOUS DE SA RACINE EN UN SEUL PASSAGE, TOUT EN PRÉSERVANT LE CALCIUM DE VOS OS ET L'ÉMAIL DE VOS DENTS.

*En cas de doute sur l'utilisation de nos produits, demandez conseil à votre jardinier.

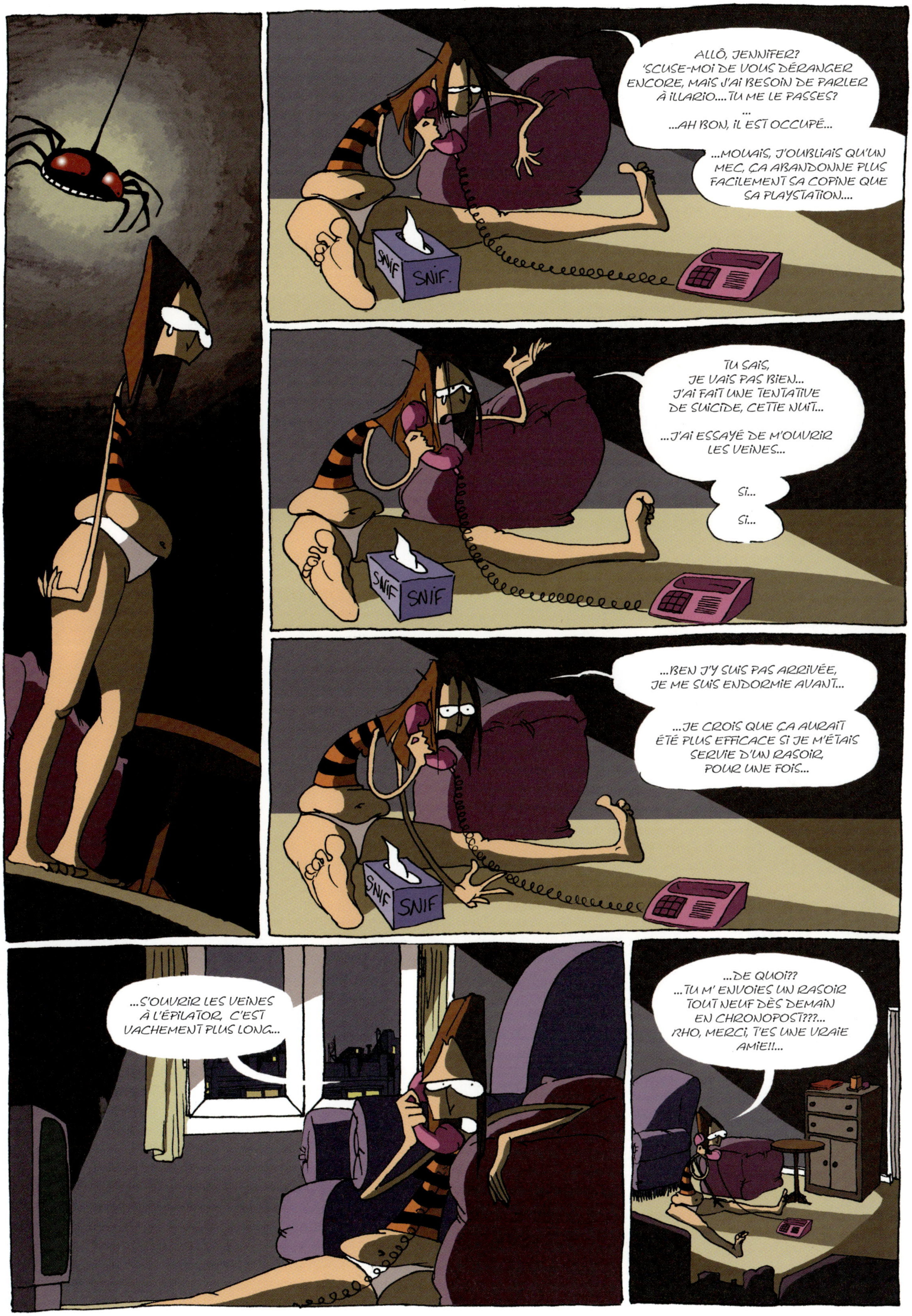
ALLÔ, JENNIFER? 'SCUSE-MOI DE VOUS DÉRANGER ENCORE, MAIS J'AI BESOIN DE PARLER À ILLARIO.... TU ME LE PASSES? ... ...AH BON, IL EST OCCUPÉ...
...MOUAIS, J'OUBLIAIS QU'UN MEC, ÇA ABANDONNE PLUS FACILEMENT SA COPINE QUE SA PLAYSTATION....
SNIF SNIF
TU SAIS, JE VAIS PAS BIEN... J'AI FAIT UNE TENTATIVE DE SUICIDE, CETTE NUIT...
...J'AI ESSAYÉ DE M'OUVRIR LES VEINES...
SI...
SI...
SNIF SNIF
...BEN J'Y SUIS PAS ARRIVÉE, JE ME SUIS ENDORMIE AVANT...
...JE CROIS QUE ÇA AURAIT ÉTÉ PLUS EFFICACE SI JE M'ÉTAIS SERVIE D'UN RASOIR, POUR UNE FOIS...
SNIF SNIF
...S'OUVRIR LES VEINES À L'ÉPILATOR, C'EST VACHEMENT PLUS LONG...
...DE QUOI?? ...TU M' ENVOIES UN RASOIR TOUT NEUF DÈS DEMAIN EN CHRONOPOST???... RHO, MERCI, T'ES UNE VRAIE AMIE!!...

"On l'a assez constaté : une coupe de cheveux trop radicale, c'est rarement bon signe !... Dans le meilleur des cas, c'est pour suivre une mode imbécile, une chimiothérapie, entrer dans l'armée ou relever un défi de relooking à "C'est mon choix" : vous en serez quitte pour une bonne honte (si vous avez un minimum de bon sens), un joli turban ethnique le temps de réparer les dégâts et quelques photos compromettantes au fond d'un tiroir. Mais dans le pire des cas, c'est un signe avant-coureur de grave dépression, après une rupture amoureuse ou autre : le mouchoir dans une main et les ciseaux dans l'autre, vous coupez vos cheveux, puis votre dose de cocaïne, puis la tête de votre ex, puis vos veines..."

ELLES SE SONT FAIT PLAQUER, ELLES SE SONT VENGÉES SUR...

...leurs cheveux !

Elles témoignent à visage découvert...

Alicia, 18 ans moins le quart,
Un jour, j'ai découvert que Lukas, mon petit ami, me trompait, alors que ça faisait plus de trois jours que nous étions ensemble. J'étais tellement déboussolée qu'en faisant les courses le samedi après-midi au centre commercial, je n'ai pas volé la bonne teinte de coloration Schwartztouff : je me suis retrouvée avec des mèches auburn foncé au lieu de mèches acajou d'automne, et ça n'était plus du tout assorti à mon ombre à paupières ! C'était la honte totale au bahut, alors j'ai préféré arrêter l'école et faire un CAP chanteuse. Depuis je me shoote au gloss fruité.

Jocelyne, 53 ans,
Il y a 5 ans, mon mari Raymond m'a quittée pour aller vivre avec la chanteuse Shakira ; je devais me rendre à l'évidence : j'étais vieille, moche, et je ne savais pas faire la danse du ventre; pour rajeunir mon look et ma coiffure, j'ai mis ma tête sous la tondeuse à gazon; depuis c'est la déchéance : les jeunes me jettent des pierres dans la rue, je vais témoigner à "C'est mon choix" tous les mois, et j'ai été condamnée à deux ans avec sursis pour saccage de la voie publique (j'ai fait caca sur toutes les affiches du concert de Shakira au Zénith).

Shakira, 22 ans,
Quand j'ai rencontré Raymond, je sortais de dépression : après ma rupture avec Patrick Poivre d'Arvor, je m'étais vidé un tube de crème épilatoire sur la tête : j'avais la boule à zéro, et je draguais tous les chauves que je croisais... Depuis, grâce à Raymond, j'ai retrouvé le goût de vivre, et je prends ma revanche sur la vie en laissant pousser ma tignasse ; j'ai beaucoup de temps à rattraper, c'est pourquoi je suis en même temps blonde, brune, châtain, et rousse. Je gagne plein de pognon parce que je le vaux bien et je suis bien dans mes cheveux.

Madame Oseille, 45 ans,
Lorsque mon chat est mort il y a dix ans, ce fut un véritable choc pour moi ; Je m'arrachais les cheveux par poignées en me lamentant sur sa dépouille. Puis j'ai ressenti comme un appel, je me suis rasé la tête sur laquelle il ne restait de toute façon plus grand-chose, et je suis partie en pèlerinage au Tibet. Là-bas j'ai pu rentrer en contact avec l'âme de mon défunt minou, grâce à une célèbre sorcière vaudou qui dansait dans la boue au milieu des chevaux sauvages avec des gris-gris sur le ventre. Depuis, je voue un culte à la déeese Shakhirva et je porte une perruque.

Amandine, 18 ans,
a perdu ses cheveux et ses illusions, mais elle n'a pas tout perdu ! Elle est la grande gagnante de notre concours de relooking !...

... LE RESULTAT DANS NOTRE PROCHAIN NUMERO !...

Mise en beauté
elle-même
Maquillage
Pawaterproof
Tricot de corps
Petit Babeau
Culotte de
sa petite sœur

L'AVIS DU PSY

Dr RAYMOND

Les cheveux sont en quelque sorte le prolongement des poils pubiens sur la partie publique du corps. Ce besoin compulsif de se couper les cheveux après une rupture démontre une cassure dans l'image du Moi et une volonté forte de retour à l'enfance, à l'innocence. Mais si je peux me permettre un avis personnel, c'est vraiment un truc de gonzesse. Je peux vous dire que moi, si j'avais la chance d'avoir encore des cheveux, je ferais pas la connerie de me les couper pour un oui ou pour un non. De toute façon, cette pauvre Jocelyne n'a jamais été bien maligne, je ne la regrette vraiment pas.

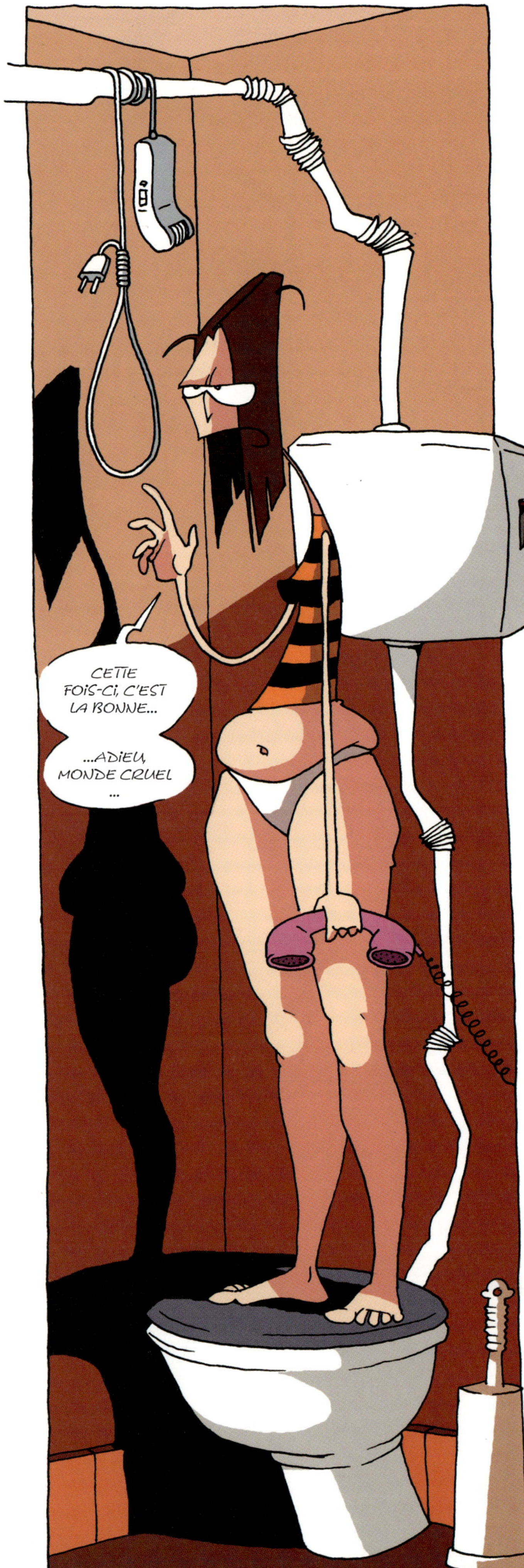
CETTE FOIS-CI, C'EST LA BONNE...
...ADIEU, MONDE CRUEL ...

LE RÈGNE DES MACHINES VA BIENTÔT PRENDRE FIN, MES AMIS...
NOUS DEVONS CONTINUER DE MENER NOTRE GUERRE SOUTERRAINE...
...DEHORS LE SOL EST JONCHÉ DES CADAVRES DE NOS FRÈRES QUI SONT TOMBÉS...
...MAIS PEU IMPORTE, NOUS SERONS TOUJOURS PLUS NOMBREUX À NOUS RELEVER ENCORE ET ENCORE...
... BIENTÔT NOUS POURRONS SORTIR À LA SURFACE SANS CRAINTE DE L'EXTERMINATION ET DE CES MACHINES INFERNALES...
...NOUS VAINCRONS CES MACHINES UNE À UNE, COMME NOUS AVONS VAINCU CELLE-CI!!
HEU... ALLÔ JENNIFER? C'EST MOI... TU PEUX PASSER ST'EUPL' ??...
BEN, MON ÉPILATOR EST EN PANNE, ET...
'Y A UN POIL QU'EST EN TRAIN DE ME PARLER, LÀ...
FUCK YOU, ASS HOLE.
...OU PLUTÔT DE M'INSULTER. ...OUI OUI, UN POIL... BEN LÀ, PAR TERRE...
SARAH CONNOR?...
...UN POIL QUE JE VIENS D'ÉPILER À L'INSTANT... ...BEN, IL A DIT QU'IL REVIENDRAIT...

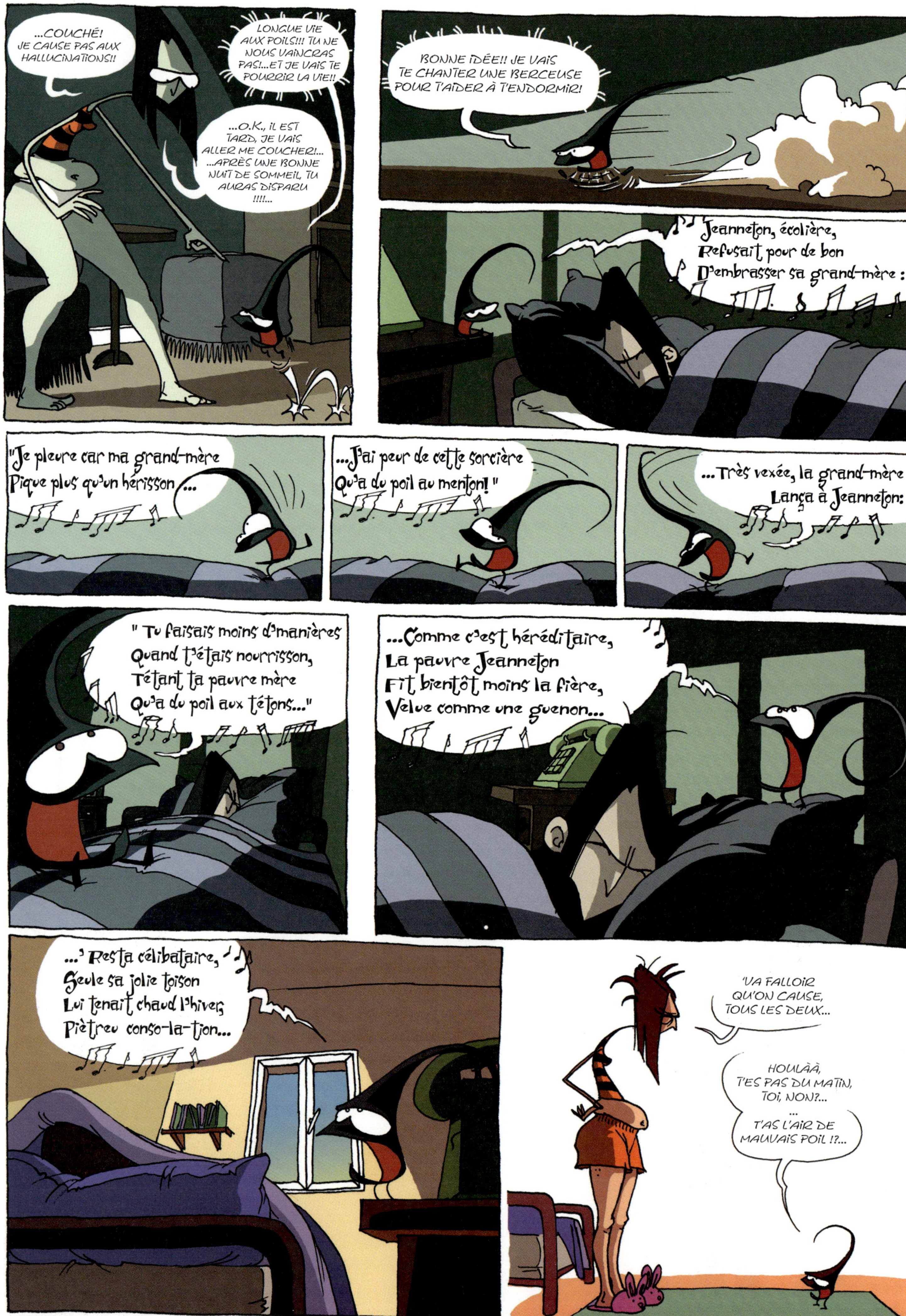
...COUCHÉ! JE CAUSE PAS AUX HALLUCINATIONS!!
LONGUE VIE AUX POILS!!! TU NE NOUS VAINCRAS PAS!...ET JE VAIS TE POURRIR LA VIE!!
...O.K., IL EST TARD, JE VAIS ALLER ME COUCHER!... ...APRÈS UNE BONNE NUIT DE SOMMEIL, TU AURAS DISPARU !!!!...
BONNE IDÉE!! JE VAIS TE CHANTER UNE BERCEUSE POUR T'AIDER À T'ENDORMIR!
Jeanneton, écolière, Refusait pour de bon D'embrasser sa grand-mère :
"Je pleure car ma grand-mère Pique plus qu'un hérisson...
...J'ai peur de cette sorcière Qu'a du poil au menton!"
...Très vexée, la grand-mère Lança à Jeanneton:
" Tu faisais moins d'manières Quand t'étais nourrisson, Tétant ta pauvre mère Qu'a du poil aux tétons..."
...Comme c'est héréditaire, La pauvre Jeanneton Fit bientôt moins la fière, Velue comme une guenon...
...' Resta célibataire, Seule sa jolie toison Lui tenait chaud l'hiver, Piètreu conso-la-tion...
'VA FALLOIR QU'ON CAUSE, TOUS LES DEUX...
HOULÀÀ, T'ES PAS DU MATIN, TOI, NON?... ... T'AS L'AIR DE MAUVAIS POIL !?...

TOUT VA BIEN, CHÉRIE, MAMAN EST LÀ!... MAMAN A ANNULÉ SA THALASSO!...
CHÉRIE, TU M'ENTENDS ??... ÉCOUTE-MOI...IL VA FALLOIR QUE TU ENTREPRENNES UNE PSYCHOTHÉRAPIE... ...TU NE PEUX PAS RESTER COMME ÇA!...
...ÇA PEUT ARRIVER À TOUT LE MONDE, TU SAIS...
...C'EST PAS GRAVE, ÇA SE SOIGNE TRÈS BIEN... ...MAIS D'ABORD IL FAUT QUE TU POSES ÇA, D'ACCORD ??...
...JE T'EN PRIE, ÉCOUTE MAMAN!!! POSE ÇA!! NE FAIS PAS L'IMBÉCILE!! PÔÔÔSE ÇA, ET NOUS POURRONS DISCUTER DE TOUT ÇA CALMEMENT...
...ALLEZ, POSE ÇA!...
RHAA...IL EST LÀ, IL ME PERSÉCUTE, J'EN PEUX PLUS... MES POILS AURONT MA PEAU!...
...T'AS RECOMMENCÉ À SNIFFER DE LA CRÈME ÉPILATOIRE, C'EST ÇA?!!! ...TU POUVAIS PAS JUSTE TE DÉFONCER AU SHIT OU AU NUTELLA, COMME TOUT LE MONDE??!...
...MAIS QU'EST-CE QUI M'A FOUTU UNE FILLE PAREILLE?! MERDE, À LA FIN, POSE ÇA!...
...POSE CE VENTILATEUR!!!
FUCK YOU, ASS HOLE.
WOUAWOUAWOAA...
NAAAAAAAN!!! ... ...JE NE VEUX PLUS QUE CE MAUDIT POIL S'APPROCHE DE MOI!!...DIS-LUI DE ME LAISSER TRANQUILLE!!...

BONJOUR VALENTINE!... J'AI EU VOTRE MÈRE AU TÉLÉPHONE, ELLE A INSISTÉ POUR QUE JE VOUS VOIE AUJOURD'HUI... ...MAIS J'AI PEU DE TEMPS À VOUS CONSACRER: ...J'AI UN PASSAGE À "C'EST MON CHOIX" À 18H, ET UN LIBRE-ANTENNE SUR "DJEUN' RADIO" À 20H...
...C'EST QUE ÇA SE PAYE, UN 200M2-TERRASSE DANS LE 16ème!... VOILÀ, DONC PAS DE PANIQUE, JE SUIS LÀ POUR VOUS AIDER, VOUS ALLEZ TOUT ME RACONTER...
...MAIS AVANT DE POURSUIVRE SUR LE SUJET, J'AI DEUX OU TROIS PETITS RENSEIGNEMENTS À VOUS DEMANDER POUR VOTRE DOSSIER MÉDICAL...
...EST-CE QUE VOUS FUMEZ?...
NAN.
EST-CE QUE VOUS VOUS DROGUEZ?
NAN.
EST-CE QUE VOUS POSSÉDEZ UNE CARTE AMERICAN EXPRESS OU UN COMPTE EN SUISSE?
NAN.
EST-CE QUE VOUS SOUFFREZ D'ALLERGIES QUELCONQUES?
BEN...JE SUIS ALLERGIQUE AUX POILS...
MMM...JE VOIS, POILS DE CHIENS, DE CHATS... AUTRE CHOSE?...
BEN..OUI...POILS HUMAINS, DE JAMBES, D'AISSELLES, DE MOUSTACHES...
... DE BROSSE À DENTS, DE PAILLASSON, DE BALAI, DE GUIRLANDE, DE PINCEAU, DE NOUNOURS, DE MOQUETTE, DE TAPIS, DE PERRUQUE ...
...BIEN BIEN BIEN...

WOUAOU, LA COLLECTION DE PHOTOS DE STARS...
OUI, BEN VOUS LES REGARDEREZ UNE AUTRE FOIS!... ALLEZ ZOU, VENEZ PAR LÀ... ICI, C'EST LE CONFESSIONNAL, VOUS CONNAISSEZ LE PRINCIPE, VOUS POSEZ VOS FESSES LÀ, ET VOUS AVEZ DIX MINUTES POUR DÉBALLER VOS PROBLÈMES DE GONZESSE...
WOUAW, CASTALDI EN SLIP!...
...BON, PAR CONTRE J'AI ENCORE CINQ ARTICLES ET DEUX HOROSCOPES À RÉDIGER POUR DES MAGAZINES FÉMININS D'ICI DEMAIN...
...DONC, HISTOIRE DE GAGNER DU TEMPS, JE VAIS TORCHER ÇA VITE FAIT PENDANT QUE VOUS ME RACONTEZ VOTRE VIE...
...ÇA NE VOUS DÉRANGE PAS, AU MOINS?...
NAN.
PARFAIT... METTEZ-VOUS À L'AISE... SECRET MÉDICAL OBLIGE, CE QUI SE DIRA ICI NE SORTIRA PAS DE NOS SOIRÉES MONDAINES ENTRE MÉDECINS, ET NE SERVIRA QU'À ÉGAYER NOS APÉROS...
ALORS LÂCHEZ-VOUS!...
...WOHWO, VOUS FAITES QUOI, LÀ?! VOUS ALLEZ PAS FAIRE CACA SUR MON TAPIS À 15.000 BALLES, QUAND MÊME?!!!!...
NAAAAAN... ...MAIS VOUS M'AVEZ DIT DE ME METTRE À L'AISE, NON??... JE ME SENS MIEUX EN CULOTTE... LES JEANS, ÇA M'EMPÊCHE DE SURVEILLER LA REPOUSSE DES POILS...
...ÇA VOUS DÉRANGE PAS, AU MOINS?
BOF...DU MOMENT QUE VOUS COMMENCEZ PAS À CRIER"AU VIOL"...

TEST

quelle *Poilue* êtes-vous ?

- Vous vous êtes déjà fait une coloration vous-même. ✹♥
- Vous avez demandé à votre coiffeur de vous faire une coloration d'une brillance étincelante couvrant en douceur les cheveux blancs (vous avez 23 ans). ✹✹
- Ce sont vos amis qui vous l'ont faite avec du white spirit après un soirée bien arrosée. ●♥
- Vous aimez trop votre couleur naturelle pour vous faire une coloration. ✹✹
- Vous avez déjà eu les cheveux, euh... comment dire ?... ●◆
- Vous tortillez vos cheveux seulement quand vous racontez des bobards ou quand vous êtes amoureuse (dix fois par jour). ♥♥
- Vous tortillez vos cheveux seulement si on vous paye très cher pour le faire, comme dans les pubs pour shampoings aux acides sulfuriques de fruits. ✹✹
- Vous préférez tortiller ceux de Jean-Doudou. ♥♥
- Vous semez vos cheveux partout, vous en retrouvez même dans votre culotte. ●●
- Vous retrouvez des cheveux dans votre culotte, mais à l'évidence ce ne sont pas les vôtres... ♥◆
- ...d'ailleurs, à la réflexion ça n'est même pas votre culotte... Mais qu'avez-vous donc fait, hier soir ?... ♥♥
- Vous n'êtes pas du genre à perdre vos cheveux, vous arrachez plutôt ceux des autres. ✹◆

Le coiffeur

- Il vous fait une cascade de compliments sur votre magnifique chevelure. ✹♥
- Il ne dit rien, c'est vous qui parlez. ✹✹
- Il ne dit rien, il devient tout rouge et s'essouffle à essayer de démêler votre touffe. ●♥
- Il ne dit rien, mais vous fait payer double tarif. ◆◆
- Vous n'allez pas chez le coiffeur mais chez le toiletteur. ●●
- Vous laissez votre copine choisir votre coupe. ●●
- Vous avez déjà choisi à l'avance votre coupe, et découpé minutieusement des modèles dans tous les magazines féminins à votre portée. ✹♥
- Vous demandez la coupe la plus tendance, quelle qu'elle soit. ◆✹
- Vous exigez la coiffure de Jennifer Aniston alors que vous ressemblez à Diana Ross. ✹✹
- Le coiffeur vous répond systématiquement : "C'est pas possible" à chaque modèle que vous lui montrez. ✹●
- Vous vous épilez enfermée dans la salle de bain. ●●
- Vous vous épilez dans le salon en regardant "Qui veut gagner des millions" pour vous cultiver en même temps. ◆♥
- Vous vous épilez dans le salon avec vos copines : la première qui finit son épilation intégrale a gagné. ♥♥
- Vous vous épilez sur le balcon, les soirs de pleine lune. ✹✹
- Vous ne vous épilez pas : vous êtes une militante "MLF" fermement convaincue. ✹●
- Vous êtes une vraie blonde. ♥♥
- Vous êtes une fausse blonde. ✹◆
- Vous êtes Shakira. ✹✹
- Vous êtes d'origine asiatique, vous ne vous épilez jamais. ♥●
- Vous êtes d'origine portugaise, et vous ne vous épilez jamais non plus. ●◆
- Vous avez moins de 10 ans, et vous vous épilez déjà (pour imiter votre grande sœur). ♥●

Au rayon épilation du Monoprix

- Vous prenez la même crème qu'utilisaient votre mère et votre grand-mère avant vous. ●●
- Vous hésitez une heure et finissez par prendre la même que la dame au chien. ●♥
- Vous prenez la plus chère. ✹✹
- Vous prenez la plus connue. ◆◆
- Vous prenez celle qui a le plus beau design, avec le bouchon transparent aérodynamique et la protéine de pastèque intelligente qui hydrate LA et revitalise ICI. ♥◆

Vous avez un poil incarné

- BEUUUUUUUUUUUUUUUURKKKKK! ♥♥
- Il va bien finir par s' asphyxier : vous le laissez où il est, histoire de voir quelle longeur il peut atteindre. ●♥
- A la guerre comme à la guerre : vous préparez les outils de torture et le garot, et vous vous charcutez jusqu'à avoir extrait la balle... euh, le poil, pardon. ◆✹
- Vous appelez les urgences. ♥●
- Vous n'avez jamais ce genre de mésaventure : votre esthéticienne vous fait deux gommages par semaine. ✹✹
- C'est quoi un gommage ? ●●●

Vous vous épilez parce que :

- Vous n'avez pas le choix : sinon votre mec vous quitte (ou vous resterez célibataire pour toujours...). ●●
- C'est votre choix. D'ailleurs vous allez bientôt venir témoigner en direct à l'émission. ◆✹
- Finalement, vous adorez vous tripoter les papattes pendant des heures... ♥✹
- Vous ne vous épilez pas : vous préférez porter des collants opaques. ●♥

Résultats

A) UN MAXIMUM DE ✸. **VOUS ÊTES FOURRURE ASCENDANT GUIRLANDE !**

Vous êtes aussi chaude que la première, et aussi discrète que la seconde ; vous êtes comme la dernière coloration SCHWARTZTOUFF, vous illuminez tout sur votre passage et rien ne vous résiste. Naïve, vous croyez réellement que des papillons vont venir faire du toboggan sur vos jambes parce que vous les aurez rasées avec Sublim'rasoir ; comme vous détestez avoir tort, quand vous vous apercevrez de votre erreur, vous vous vengerez en arrachant les pattes de tous les papillons qui auront le malheur de croiser votre chemin. En gros, si on vous dit ça, c'est parce que vous le valez bien.

B) UN MAXIMUM DE ♥. **VOUS ÊTES PLUMEAU ASCENDANT YORKSHIRE !**

Vous pourriez vous mettre mon premier au derrière et vous servir du second comme manchon : vous faites partie de celles qui peuvent tout se permettre.Tout le monde vous aime : les grand-mères barbues continuent de se pencher sur vous dans la rue pour vous faire guili-guili. Sociable, vous jappez de joie au plus petit compliment et usez de votre charme pour les provoquer. Grâce à votre persuasion naturelle et votre optimisme forcené, vous seule pouvez durablement convaincre les consommateurs que votre vie a véritablement changé depuis que vous utilisez la nouvelle crème APUPOIPOIL en 3 minutes seulement.

C) UN MAXIMUM DE ◆. **VOUS ÊTES MOUMOUTE ASCENDANT FAUX-CILS !**

Vous êtes aussi naturelle que le premier et que le second.Vous êtes un peu le cousin Machin de la famille Addams : en gros, sous la touffe, on ne sait pas trop à quoi vous ressemblez... Votre nature profonde est mieux cachée qu'un poil incarné, et vous savez dissimuler vos véritables intérêts : Vous jouez les filles fragiles? vous êtes en réalité une petite Cosette revancharde et matérialiste : accrochez-vous au bras ou au cuir chevelu d'un vieux chanteur qui vous introduira dans la jet-set et comblera votre désir de notoriété. Sinon, devenez démonstratrice télé-achat ou lofteuse.

D) UN MAXIMUM DE ●. **VOUS ÊTES BROSSE A DENTS ASCENDANT PAILLASSON !**

Vous êtes aussi flexible que la super-tête pivotante de la première, et votre ego vole au ras du second. Vous n'avez pas de caractère, encore moins de fierté. Déprimée, vous êtes aussi collante que des restes de cire froide. Bref, on se sert de vous tous les jours : vos amis, votre patron se servent de vous pour essuyer leurs humeurs, leurs pieds, leurs bureaux ; votre mec pour brosser ses vêtements sales, la vaisselle et accessoirement ses dents... Méfiez-vous, un récent sondage a révélé que le Français moyen changeait de brosse à dents tous les six mois environ ; un espoir de longévité cependant pour les ascendants Paillasson très marqués, qui sauront se faire oublier à force de dormir devant la porte de leur mec plutôt que dans son lit...

MAIS QU'EST-CE QUE JE FAIS ICI???
OÙ SUIS-JE? QUEL EST DONC CE DÉSERT ARIDE? JAMAIS JE N'AVAIS CONTEMPLÉ TELLE DÉSOLATION!!!
COMMENT TOUTE VIE A-T-ELLE PU DISPARAÎTRE?..N'Y A-T-IL DONC PLUS PERSONNE??? RÉPONDEZ!!! HÉOOO!!!
DIEU SOIT LOUÉ!! DES SURVIVANTS!!
OHÉÉÉÉ!! VOUS M'ENTENDEZ??? TOUT VA BIEN??
LES PAUVRES...
...ILS ONT ÉTÉ OBLIGÉS DE SE RÉFUGIER DANS LES OREILLES!...
EUH... VOUS ÊTES SÛR DE VOULOIR QUE JE VOUS PARLE DE MES HALLUCINATIONS, DOCTEUR?...

BON, LA SÉANCE EST TERMINÉE, JE VAIS DEVOIR VOUS METTRE À LA PORTE... AH, UNE DERNIÈRE CHOSE... VOUS N'AVEZ PAS DE TENDANCES CLEPTOMANE AU MOINS?...
BEN, JE CROIS PAS, NON...
...TANT MIEUX, PARCE QUE J'EN AI ASSEZ DE ME FAIRE TIRER MES STYLOS MONT-BLANC TOUTES LES SEMAINES PAR DES PATIENTS...
ENFIN... J'AVAIS BIEN PENSÉ À VOUS PIQUER LA PHOTO DE CASTALDI EN SLIP, MAIS...
...AH, AU FAIT, DOCTEUR, AVANT DE PARTIR, JE VOULAIS VOUS DEMANDER DE ME PRESCRIRE UN PETIT TRUC...
...BON, QU'EST-CE QU'IL LUI FAUT, ENCORE???... DES CACHETS POUR DORMIR?... ...UNE DISPENSE DE SPORT?... ...UN ARRÊT MALADIE?... ...DU PROZAC... DE LA MORPHINE?... ...DE LA COKE?...
EUH... NAN...
...BON, DE TOUTE FAÇON LÀ JE N'AI PAS LE TEMPS... JE VOUS PRÉPARE ÇA POUR LA PROCHAINE FOIS, PROMIS!...
...QU'EST-CE QU'IL VOUS FAUT?...
BEN...
...UNE P'TITE CHIMIOTHÉRAPIE, CE S'RAIT POSSIBLE?...
...NAN PARCE QU'IL PARAÎT QUE C'EST RADICAL POUR LES POILS...
... PIS C'EST REMBOURSÉ PAR LA SÉCU, ÇA, AU MOINS...

AHHHH, LA PLEINE LUNE, ENFIN!! C'EST LE GRAND SOIR!...
WHITE SPIRIT, JAVEL ET SIROP DE CRYPTONITE...
... ACIDE DE BERGAMOTE...
... UN SOUPÇON D'URINE DE BUFFLE...
...DE LA BAVE DE CRAPAUD...
BLOUB BLOUB BLOUB
TU SERAS BIENTÔT VAINCU, POIL DE L'ENFER!! ...QUAND J'AURAI AJOUTÉ L'ULTIME INGRÉDIENT, CETTE POTION TE RÉDUIRA À NÉANT!!!...
BAH??... OÙ QU'IL EST PASSÉ MON INGRÉDIENT??
ZUT ALORS... COMMENT JE VAIS FAIRE MA CITRONITE SANS CITRON?...
...SANS LES LÉGENDAIRES VERTUS ÉPILATOIRES DU CITRON, ÇA RISQUE DE NE PAS ÊTRE ASSEZ EFFICACE...BON, OÙ QU'IL EST MON CITRON??...
...TOUT VA BIEN, IL EST LÀ, TON CITRON... ...TANT QUE T'ES À CÔTÉ DU FRIGO, TU DEVRAIS RAJOUTER DES GLAÇONS DANS TA POTION ANTI-POIL...

??
POUF!
...ET MERDE À LA FIN!...
POURQUOI ÇA MARCHE JAMAIS, AVEC MOI ???!!...
WHOWOOOWHOOO!...
...'FAUDRAIT VOIR À PAS ME LAISSER COMME ÇA, MAINTENANT, GRANDE NUNUCHE!!!...

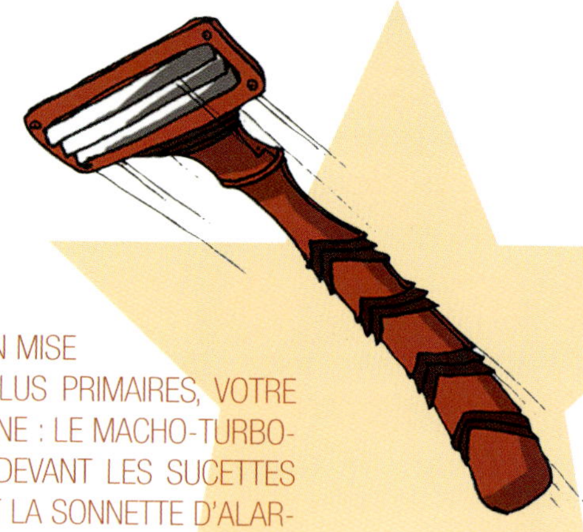

les rasoirs FRIMETTE

VOUS AVEZ BEAU TIRER SUR LA LAISSE EN LUI EXPLIQUANT L'IGNOBLE MANIPULATION MISE EN ŒUVRE PAR LES PUBLICITAIRES FAISANT APPEL AUX INSTINCTS MÂLES LES PLUS PRIMAIRES, VOTRE HOMME RESTE EN ARRÊT DEVANT CET ACCESSOIRE SUPRÊME DE LA VIRILITÉ MODERNE : LE MACHO-TURBO-RASOIR (ÇA OU LE PARFUM HUBO GOSS), AU MOINS AUTANT QUE VOTRE GAMIN DEVANT LES SUCETTES POKÉMON... AUJOURD'HUI, PLUSIEURS ASSOCIATIONS DE PRÉVENTION PILAIRE TIRENT LA SONNETTE D'ALARME DEVANT CE PRODUIT QUI ENTRAÎNE DE PLUS EN PLUS DE DÉRIVES ET DE DRAMES FAMILIAUX... AH, CES FÉROCES RASOIRS QUI VIENNENT JUSQUE SOUS NOS YEUX ÉGORGER NOS FILS ET NOS MARIS...

Jean-Seb, 27 ans

"Excès de vitesse. J'ai déconné. J'étais bourré, j'ai voulu faire mon Lucky Luke et me raser plus vite que mon reflet... J'ai pas réussi. Depuis deux semaines les chirurgiens essaient de réparer les dégâts, et pour payer les opérations je tiens le rôle de la momie dans un "train fantôme". Mais cette fois-ci, les Turbo-Rasoirs, c'est bien fini : je retourne jouer à ma Playstation, c'est moins dangereux.

« Moi je ne comprends pas ce qu'on reproche à ces rasoirs... Je me rase tous les matins, et j'ai jamais eu de problèmes. »

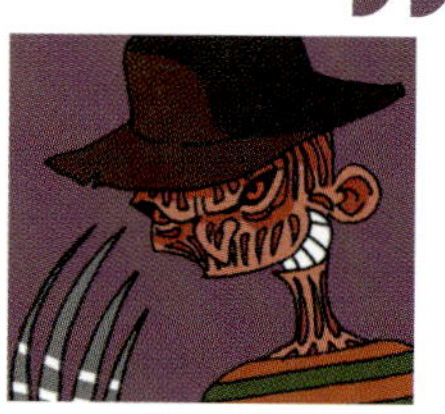

Freddy, mort-vivant

Juliette, 25 ans, mariée à Mathieu, 28 ans

Je suis désepérée, la passion de mon mari pour ces rasoirs nous pourrit vraiment la vie... Depuis plusieurs mois il dépense des sommes folles pour le customiser : il a fait installer des néons dessus pour pouvoir se raser de nuit, des mini-enceintes pour écouter Frime FM devant sa glace... Je n'arrive pas à lui faire comprendre qu'il est ridicule de sortir avec son rasoir derrière l'oreille, mais il en est tellement fier qu'il refuse de s'en séparer. Tous les samedis, il se rend à des compétions de tuning, avec des tas de filles à poil qui viennent caresser les mentons avec des airs extatiques : je vais demander le divorce.

Maurice, 32 ans, propriétaire de camping à Juan-les-Pins

"Je suis un passionné de vitesse : tel que vous me voyez, j'ai battu 2 fois le record du monde de rasage en 45 secondes 25 centièmes. Bien sûr j'ai eu quelques petits accidents de parcours, j'ai perdu un bout d'oreille, la confiance de mon banquier et ma femme, mais je n'ai aucun regret,c'est ma passion et je la revendique(jeudi prochain sur le plateau de "C'est mon choix").

LEXIQUE

le Tuning

Obsession compulsive qui pousse les hommes à dépenser l'équivalent du PIB du Mozambique pour acheter des accessoires aussi inutiles qu'imbéciles... L'équivalent féminin du tuning s'appelle le shopping. Ahhh, c'est beau la parité !...

la PILOSUCCION

SI VOUS ÊTES UNE LECTRICE ASSIDUE DE MAGAZINES FÉMININS, VOUS AVEZ CERTAINEMENT DÉJÀ LU BON NOMBRE D'ARTICLES VOUS INCITANT MINE DE RIEN, À L'APPROCHE DE L'ÉTÉ, À PASSER SUR LE BILLARD POUR VOUS FAIRE SOUSSOUILLER LE LARD, TRAIRE LA CELLULITE, ASPIRER LA GÉLATINE, BREF LIPOSUCER LE GRAS. ET SI VOUS ÊTES UNE ADEPTE DE CE GENRE DE"GRAISSOSUCCION", CE QUI VA SUIVRE EST POUR VOUS.

LE PRINCIPE

La pilosuccion est la dernière innovation technique en matière de chirurgie esthétique à avoir vu le jour dans les fameuses cliniques brésiliennes; le principe est le même que pour la liposuccion : après une anesthésie générale, le chirurgien introduit un petit tube de plastique sous la couche inférieure de l'épiderme et aspire les poils de l'intérieur, par la racine; le bulbe ainsi aspiré ne se reforme qu'après plusieurs mois... il suffisait d'y penser.

TÉMOIGNAGES

Mais les bienfaits de cette technique ne s'arrêtent pas là, car les poils indésirables de Madame ainsi collectés pendant l'intervention sont récupérés et réimplantés : en effet, nombreux sont les hommes désespérés par leur calvitie pour qui ces greffes de poils sont une solution inespérée... Ainsi Fernando s'est-il fait réimplanter sur le crâne les poils de son épouse, pilosucée quelques heures auparavant; il se dit très content du résultat, et de cette belle preuve d'amour !...

En France, la plupart des esthéticiennes condamnent cette technique, qu'elles qualifient d'extrêmement traumatisante pour le capital pilaire des clientes (et pour le chiffre d'affaires de leur salon de beauté).

De plus en plus répandue outre-Atlantique, cette pratique reste encore taboue en France pour le moment, car ses effets secondaires sont encore mal connus; néanmoins, notre magazine venant de passer un accord avec une clinique non-conventionnée et touchant une commission de 5% par intervention, nous vous encourageons fortement à faire don de vos poils à la science, et de vos sous aux chirurgiens.

Contactez dès maintenant le célèbre chirurgien-pilosuceur, le Docteur POILIDOU au 06.45.85.55.44.

BON ALORS, OÙ QU'ELLE EST? ...POURTANT JE SUIS SÛRE DE L'AVOIR RANGÉE PAR LÀ!...
C'EST PAS CROYAB'!...
...
PFFF...JE L'AVAIS ACHETÉE SEULEMENT HIER SOIR!...ELLE DOIT BIEN ÊTRE QUELQUE PART!...
RHÂ NON MAIS J'Y CROIS PAS!!! LÀ, C'EST UNE FOIS DE TROP!...
...ÇA FAIT TROIS FOIS CETTE SEMAINE, TROIS FOIS!! ...C'EST PLUS POSSIB', ÇA!...
SALE GOINFRE!!!! TU T'ES ENCORE ENFILÉ TOUTE LA BOUTEILLE DE SHAMPOING SUPER-NUTRITIF AUX ACIDES SULFURIQUES DE FRUITS, HEIN!!!??!!
C'EST PAS MOI...
...OH, ARRÊTE!! TON HALEINE PUE ENCORE LA PROTÉINE DE PASTÈQUE!!!

ALLEZ OUSTE! VOUS NE FAITES AUCUN EFFORT! C'EST UN CABINET MÉDICAL, ICI, PAS UN SALON DE BEAUTÉ!...
DR RAYMON PSYCHIATRE TÉLÉVISUEL
MAIS DOCTEUR, JE PEUX PAS M'EMPÊCHER DE M'ÉPILER!!...
DÉBROUILLEZ-VOUS POUR ARRÊTER, J'AI CASTALDI EN SALLE D'ATTENTE...
TOUT DE MÊME!... CETTE FAÇON QU'IL A DE ME JETER DEHORS À CHAQUE FOIS!...
...'MÊME PAS LAISSÉ LE TEMPS DE REMETTRE MON PANTALON!...
...C'EST PAS COMME ÇA QUE JE VAIS GUÉRIR...
...J'EN AI ENCORE POUR DEUX MOIS.. BEN, Y A EU UNE PÉRIODE DE SEVRAGE ASSEZ PÉNIBLE...
...ON SAIT PLUS QUOI FAIRE DE SES DIX DOIGTS, QUAND ON PEUT PAS S'ÉPILER....
...Z'AVEZ ENCORE ÉPILÉ LA PELOUSE, CE MATIN?!!!! ...NE NIEZ PAS, JE SAIS QUE C'EST VOUS!
DENISE
NOBODY
...Z'ÊTES PRIVÉE DE PROMENADE, MLLE MONDU!!

les *Bobos*

TOUS NOS CONSEILS DE L'ÉTÉ POUR SOIGNER ET OPTIMISER AU MAXIMUM LES MILLE PETITS BOBOS QUI RISQUENT BIEN DE TRANSFORMER LA JOLIE POUPÉE BRATZ QUE VOUS ÊTES EN VILAINE FIANCÉE DE CHUCKY (OU LA JOLIE FIANCÉE DE CHUCKY QUE VOUS ÊTES EN VILAINE POUPÉE BRATZ, AU CHOIX : IL S'EN FAUT DE PEU, ALORS LISEZ ATTENTIVEMENT CE QUI SUIT).

© ILLUSTRATION ANNE GUILLARD

Acné

Percez chaque bouton et mettez un piercing à la place pour cacher la cicatrice, ça vous donnera un joli côté rebelle. (Aïe ! Faîtes quand même attention à ce que vous percez, ça c'était votre sein droit, pas un bouton !).

Herpès

Mieux que l'acné : au moins, vous pouvez le refiler aux autres pour vous venger. Coloriez la zone délicate avec votre eye-liner pour faire croire à un grain de beauté (Marilyn Attitude), et roulez des pelles à tout le monde.

Moustache et poil au menton

Super ! vous allez enfin pouvoir faire lever les vieilles dans le bus. C'est un signe de sagesse, de maturité, et ça vous fera un point commun avec Dieudonné.
Bientôt vous passerez vous aussi chez Ardisson.

Petits seins flappis

Demandez à votre chirurgien d'y réinjecter l'excès de sébum de vos boutons. 95 C à prévoir.

Votre piercing s'est infecté

Ça vous apprendra. La prochaine fois, si vous voulez vous faire enfoncer des clous dans la peau, faîtes-vous crucifier pour laver l'humanité de ses péchés ; au moins, vous souffrez pour une bonne cause.

les infections et les imperfections les plus tendance de l'été prochain !

Verrues plantaires

Merveilleux ! Vous n'aurez plus besoin de dépenser des fortunes pour avoir des baskets montées sur Airbags ! Pieds nus, vous adhérez mieux à la route dans les virages et par temps de pluie.

ALORS VALENTINE?... ÇA VA UN PEU MIEUX APRÈS CES TROIS MOIS DE PLÂTRE?....
...Z'AVEZ RÉUSSI À VOUS ÉPILER UN PEU MOINS ?
...Z'AVEZ PRIS VOS PETITES PILULES ROSES??...
...Z'AVEZ FAIT VOS SÉANCES DE RELAXATION?
OUI, OUI, OUI, OUI.
BIEN!... VOUS CROYEZ TOUJOURS À L'EXISTENCE DE CE POIL GÉANT?
...IL M'A DIT DE VOUS DIRE QUE NON.
...AH...ET VOUS LE VOYEZ EN CE MOMENT?
EN CE MOMENT, NON... IL EST RESTÉ SUR LE PALIER...
...IL DRAGUE VOTRE PAILLASSON.
...DES FOIS, JE ME DEMANDE SI ÇA SERT À QUELQUE CHOSE CES SÉANCES...
...AH BAH OUI, FAUT Y RETOURNER! J'AI PRESQUE CONCLU AVEC MA COPINE PAILLASSON!
COOL...

Astro

BELIER (21 Mars-20 Avril)
Cette année encore, votre pouvoir de concentration sur un sujet n'excédera pas les trente secondes (d'ailleurs vous ne lirez pas cet article jusqu'au bout, à moins d'avoir un esprit de contradiction particulièrement développé). Comme toujours, vous serez débordée d'amis, de projets, de linge sale, (80% d'entre eux passeront au panier d'ici la fin de l'année, faute de temps) , mais grâce à votre dynamisme de cheftaine scoute vous trouverez toujours de nouveaux admirateurs. Attention, le 25 avril, un alignement planétaire exceptionnel (une fois tous les 50 ans) risque de vous faire réfléchir avant d'agir. Profitez de cette sensation inédite.

TAUREAU (21 Avril-21 Mai)
Une bonne année dans l'ensemble, vous allez vous faire plein d'amis au travail; une de vos collègues va s'empoisonner avec un yaourt 0% périmé; mais comme elle n'avait pas cru bon de faire le déplacement pour votre barbecue d'anniversaire et que vous êtes un peu rancunière, vous n'irez pas à son enterrement. Et vous ferez déposer une couronne de chipolatas sur son cercueil. Juste avant l'incinération.Tout se paye.

GEMEAUX (22 Mai-21 Juin)
Cette année, seules les plus mythomanes et les plus ambitieuses d'entre vous feront fortune, les autres patienteront avec un paquet de nouilles... Heureusement, vous êtes dotée d'un humour et d'une répartie à toute épreuve, et en juin vous vous inscrivez pour participer au "Maillon faible" dans l'espoir de renflouer vos finances. Vous n'allez pas gagner un rond, mais Laurence Boccolini quittera le plateau en larmes à cause de vous et de vos remarques acérées. ça n'a pas de prix.

CANCER (22 Juin-22 Juillet)
Vous voyagerez beaucoup cette année, et ne tiendrez pas plus de dix jours au même endroit.Trouvez un emploi stable, ou on risque de vous soupçonner d'être une tueuse à gages (à moins que vous n'ayez déjà choisi cette possibilité pour financer vos voyages...). Arrêtez de soûler tout le monde avec vos grandes causes et vos bébés phoques, si c'est la mode des chaussons fourrés cet hiver. Soyez moins susceptible et ménagez vos amis, car ce ne sont pas les bébés phoques ni les baleines à bosse qui vous aideront à déménager à la fin du mois...

LION (23 Juillet-23 Août)
Les anciens croyaient que le Soleil tournait autour de la Terre et ils se gouraient ; Copernic croyait que c'était la Terre qui tournait autour du Soleil, et il se gourait aussi, puisqu'on sait maintenant que tout ça tourne autour de vous...Au travail, vous passez votre temps à donner votre avis; mais avec vous, comme avec Geneviève de Fontenay, tout est toujours blanc ou noir. Mettez un peu d'eau dans votre vin et arrêtez d'imposer vos opinions aux autres, vos largesses financières n'excuseront pas toujours votre étroitesse d'esprit. Vous devriez prendre exemple sur les mâles de votre espèce et passer plus de temps à dormir, ça reposerait votre entourage...

VIERGE (24 août-23 Septembre)
Ce soir, vous allez rentrer chez vous, chez votre mère ou chez votre mec, et caresser votre chien tout en mangeant du gratin dauphinois devant une émission débile à la télé. Ce sera la même chose pour les 363 autres jours de l'année 2005. Attention cependant à la rétrogradation de Saturne le 25 avril, petit coup de mou à l'horizon : vous risquez de caresser votre gratin dauphinois tout en mangeant votre chien.